KB104816

노벨라이즈

~남매의 인연과 귀살대 편~

고토게 코요하루 · 원작 / 그림
마츠다 슈카 · 글

학산문화사

하시바라이노스케

귀살대 대원. 멧돼지 가죽을 뒤집어쓰고 다니고, 매우 호전적.

아가츠마젠이츠

귀살대 대원. 평소엔 겁이 많지만 사실은…?

토미오카기유

귀살대 대원으로 탄지로를 귀살대로 인도한다.

코쵸우시노부

귀살대 '주'의 일원. 약학에 정통하다.

츠유리카나오

귀살대 대원. 매사에 자기 혼자선 결단을 잘 내리지 못한다.

우부야시키카가야

귀살대의 정점에 선 인물. 탁월한 선견지명을 지녔다.

키부츠지무잔

탄지로의 가족을 죽이고 네즈코를 도깨비로 바꿔 놓은 자. 부하 도깨비들을 거느린다.

거미 도깨비(딸)

본인은 귀살대와 싸우지 않고 아비를 보낸다.

루이

나타구모산에 사는 도깨비. 가족에게 몹시 집착한다.

등장인물소개

카마도 탄지로

누이동생을 구하고 가족의 복수를 목표로 삼은 마음씨 착한 소년. 도깨비나 상대방의 급소 등을 '냄새'로 알아낼 수 있다.

카마도 네즈코

탄지로의 누이동생. 도깨비에게 공격당해 도깨비가 되지만 다른 도깨비들과 달리 인간인 탄지로를 보호하듯이 움직인다.

목차

탄지로는 '최종 선별'을 돌파해서 도깨비를 사냥하는 조직 '귀살대'의 대원이 된다!

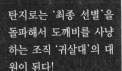
유시로

도깨비가 된 자에게도

'사람'이라는 말을 써 주시는군요.

그리고 구해 주려 애쓰고 있고.

타마요

누이동생을 도깨비로 만든 '키부츠지 무잔'과 적대하는 도깨비 타마요와 유시로에게서 네즈코를 인간으로 돌려놓을 단서를 얻는 탄지로.

그 후, 탄지로는 함께 최종 선별을 치른 동기인 아가츠마 젠이츠, 하시비라 이노스케와 동료가 된다.

귀살대에서 내려온 지령을 따라 넷이서 나타구모산을 향해 가는데…?!

젠이츠

이노스케

탄지로

때는 다이쇼. 숯을 파는 소년 탄지로는 어느 날 가족이 도깨비에게 몰살되고 누이동생 네즈코는 도깨비로 돌변하고 만다.

네즈코를 인간으로 돌려 놓고 가족을 죽인 도깨비를 처단하기 위해 탄지로와 네즈코는 여행을 떠난다.

사람을 잡아먹지 않아.

우리 네즈코는 아니야.

네즈코

탄지로는 우로코다키 밑에서 수행해서 힘을 기른다.

우로코다키

제 1 화 나타구모산

달빛이 비추는 시골 길을 3명의 그림자가 빠르게 내달렸다.

선두를 달리는 이는 15살쯤 된 소년이었다. 붉은 기가 도는 머리카락과 눈동자가 두드러졌다. 넓은 이마의 왼쪽에는 불꽃 모양의 검붉은 흉터, 등에는 큼직한 나무 상자를 짊어지고 있었다.

그와 경쟁하듯이 달리는 사람은 머리에 멧돼지 가죽을 뒤집어쓴 기묘한 남자였다. 상반신은 헐벗었고, 허리에는 모피를 두르고 있었다. 그 뒤를 금발 소년이 따라갔다.

세 사람이 달리는 길 끝에는 나타구모산이라 불리는 산이

우뚝 솟아 있었다. 그리 높은 편은 아니지만, 울창한 숲으로 둘러싸여서 사람의 발길을 쉽사리 허락하지 않겠다는 분위기가 감돌았다.

"잠깐만!! 잠깐만 기다려 주지 않을래?"

등산로 입구까지 거의 다 왔을 때, 갑자기 금발의 남자 아가츠마 젠이츠가 몸을 동그랗게 말고 주저앉았다.

"무서워서 그래!! 목적지가 가까워지니 너무 무서워!!"

"이 자식, 왜 저렇게 주저앉아 있어? 기분 나쁜 녀석이네…."

"너한테 그딴 소리 듣고 싶지 않아! 멧돼지 머리!!"

젠이츠는 팔을 붕붕 휘두르면서 멧돼지 머리인 하시비라 이노스케와, 나무 상자를 짊어진 카마도 탄지로에게 번갈아 삿대질을 했다.

세 사람은 식인 도깨비를 사냥하기 위한 조직 '귀살대'의 신참 대원이었다. 그들이 허리에 찬 것은 도깨비를 죽일 수 있게 만들어진 특수한 칼, 일륜도.

귀살대 본부로부터 '나타구모산으로 향하라'는 지령을 받아 이렇게 찾아온 것인데, 타고난 겁쟁이인 젠이츠는 역시 무서워진 모양이다.

"기분 나쁘긴 뭐가 나빠!! 정상인데!! 내가 정상이고, 너희가 비정상이야!!"

뚜렷한 목적이 있어서 귀살대에 들어온 탄지로나, 좌우간 강한 녀석과 싸우고 싶은 이노스케와는 달리, 젠이츠는 단지 '여자한테 속아서 진 빚을 대신 갚아 준 사람이 귀살대의 육성자였다는 것'이 입대 이유였다. 대원이 되기 위한 훈련을 거의 반강제적으로 받았기 때문에, 아직도 좀처럼 각오가 서지 않았다.

젠이츠도 실제로는 강하지만, 본인은 그 사실을 알기는커녕 아예 이해조차 되지 않는지, 이런 상황이 오면 지레 겁부터 먹게 되는 듯했다.

그런 그를 어떻게 격려할지 고민하던 탄지로는 화들짝 놀라 고개를 들었다.

보통 사람보다 몇 배는 더 밝은 그의 코가 피 냄새를 맡았기 때문이다.

"!!"

뒤를 돌아보니, 길 앞쪽에 젊은 남자가 쓰러져 있었다. 분명 산에서 내려왔으리라.

"살려… 살려 줘…."

"대원복을 입고 있어!! 귀살대원이다. 무슨 일이 있었나 봐!"

탄지로와 이노스케는 그 대원에게 달려갔다.

"괜찮아?! 왜 그래?!"

하지만 그 순간, 남자는 부자연스럽게 벌떡 일어나는가 싶더니, 단숨에 공중으로 솟구쳤다.

"……!!"

"으아아악!! 연결되어 있었어… 나한테도!! 살려 줘엇!!"

남자는 절규를 남긴 채, 산속 빼곡한 나무들 사이로 빨려 들어갔다.

그 자리에는 정적만이 남았다.

아무래도 산속에서는 심상치 않은 일이 벌어지는 중인 것 같았다.

젠이츠는 공포에 질려 할 말을 잃었다. 그러나 탄지로는 각오를 다졌다.

"…난 가야겠어."

"내가 먼저 간다!!"

당당히 나선 건 이노스케였다.

"넌 바들바들 떨면서 뒤에서 따라와!! 배가 고프다!!"

그렇게 말하고는 냅다 산으로 뛰어들어갔다.

"이럴 때는 '주먹이 운다'겠지…."

젠이츠가 중얼거렸다. 그는 여전히 바닥에 주저앉아 있었다.

탄지로는 그 모습을 걱정스러운 눈으로 힐끗 쳐다본 다음 이노스케의 뒤를 따랐다.

"쳇, 온통 거미줄투성이잖아? 거치적거리게!!"

이노스케가 양손에 든 일륜도를 마구 휘두르면서 말했다.

나무와 나무 사이, 수풀 겉면 등 이곳저곳에 거미가 거미줄을 쳐 났다. 나타구모산이라는 이름은 그런 의미[*]인 것일까.

"이노스케."

"무슨 용건이야?!"

힘차게 뒤돌아선 이노스케에게 탄지로는 미소를 지어 보였다.

"고마워. 너도 같이 가겠다고 말해 줘서 든든했어. 산속에서 풍겨 온 배배 꼬인 듯한, 섬뜩한 냄새에 난 몸이 좀 움츠러들

※나타구모산(那田蜘蛛山)에서 '구모'는 거미를 뜻한다.

었었거든."

탄지로는 한 번 더 고맙다고 말했다.

이노스케는 할 말을 잃었다. 뭔가 따뜻하고 해롱해롱한 느낌이 가슴 안쪽에서 샘솟았다.

불현듯 한동안 머물렀던 '등꽃 문양이 새겨진 집'의 노파, 히사가 떠올랐다.

'옷이 많이 더러워지셨군요.'

그 힐머니가 자신에게 말을 걸었을 때도 지금처럼 기분이 해롱해롱해졌다.

'빨아서 돌려드릴 테니 이걸 입어 보세요. 촉감도 좋고 기분이 좋을 겁니다.'

'저녁엔 튀김을 해 드릴게요. 네에… 밀가루 입혀 만든 그거요.'

모르겠다. 대체 뭘까, 이 해롱해롱한 느낌은.

당최 알 수 없는 감정의 정체를 확인하고자 이노스케가 생각에 잠겨 있는데, 탄지로가 한 손을 들었다.

"이노스케."

긴장된 목소리. 바로 정신을 차리고 탄지로의 시선을 좇았다.

숲속에 누군가가 주저앉아 있었다. 귀살대 대원복을 입은 젊은 남자였다.

탄지로가 조심스레 그에게 다가가 등 뒤에서 말을 걸었다.

"응원하러 왔습니다. 계급은 계(癸), 카마도 탄지로예요."

남자는 화들짝 놀라서 뒤를 돌아봤다. 긴 앞머리가 흔들렸다. 조금 전 길에 쓰러져 있던 남자와는 다른 사람이었다.

"계… 계…?!"

남자는 뻣뻣하게 굳은 얼굴로 소리쳤다. '계'는 가장 낮은 계급, 신입 대원의 상징이다.

"왜 '주(柱)'가 아니라…?! 계 따윈 몇 명이 몰려와도 마찬가지야! 아무 의미 없다고!!"

갑자기 이노스케가 남자의 얼굴을 퍽 때렸다. 탄지로가 말리는 것도 무시하면서 남자의 머리카락을 붙잡고 얼굴을 확들이밀었다.

"의미가 있고 없고를 따진다면 네 존재 자체가 무의미하거든? 얼른 상황 설명이나 해, 이 겁쟁이야!!"

"까, 까마귀한테서…!! 지령이 들어와 10명의 대원이 여기에 왔어!"

남자는 비명을 지르듯이 말했다.

"산에 들어오고 얼마 후, 대원이… 대원들끼리… 서로 베기 시작했고…!!"

남자는 헉 하고 놀라더니 입을 꾹 다물었다. 수풀 건너편에서 소리가 났다.

천천히 흔들리는 사람 그림자가 드리웠다. 하나, 둘… 전부 넷.

모두 귀살대 대원복을 입었다. 손에는 일륜도를 쥐고 있었다.

하지만 움직임이 어색했다. 입에서 피를 흘리는 자, 팔이 괴상한 방향으로 꺾여 있는 자. 딱 봐도 목이 부러진 자. 공허한 눈에는 안광이 없었다.

이미 죽었거나, 정신을 잃었거나.

그런데 움직인다고?

네 명의 대원은 갑자기 탄지로 일행에게 달려들었다.

"우후후… 우후후후후…. 자, 나의 귀여운 인형들아….'

어둠 속에서 웃음소리가 울려 퍼졌다.

"팔다리가 뽑힐 때까지 광란의 춤을 추렴."

"애써 용케 돌아왔구나."

남자는 다정하게 말했다.

넓은 저택 툇마루에 앉은 그 기모노 차림 남자의 무릎에는 기진맥진한 까마귀 한 마리가 힘없이 웅크리고 있었다.

"내 아이들은 거의 다 당해 버린 것이냐? 그곳엔 '십이귀월' 이 있을지도 모르겠네."

남자는 까마귀를 쓰다듬으면서 낮게 중얼거리고는 뒤쪽 방을 향해 말했다.

"'주(柱)'를 보내야 될 것 같구나…. 기유, 시노부."

"알겠습니다."

방에 정좌하고 있던 남녀가 입을 모아 대답했다.

"인간도, 도깨비도 다들 사이좋게 지내면 좋을 텐데. 토미오 카 씨도 그리 생각지 않으세요?"

여자의 말에, 옆에 앉은 남자는 냉담하게 대꾸했다.

"불가능한 일이야. 도깨비가 인간을 잡아먹는 한은."

그리하여 두 사람은 칼을 들고 자리에서 일어났다.

'난 미움받고 있는 건가…?'

젠이츠는 무릎을 끌어안고 앉아서 발밑의 지면을 응시했다.

'어떻게 두고 갈 수가 있지? 동료를 길바닥에…. 설득해야 되는 거 아냐? 동료라면. 둘이서 설득해 줬다면, 나도 갔을 텐데.'

실로 이기적인 주장이었지만, 젠이츠는 매우 진지했다.

'근데 둘이서 저 무서운 산속으로 후다닥 쌩하니 가 버려?'

혼자 남겨진 나는 어쩌라고…라며, 젠이츠는 뾰로통해졌다.

쨕타로가 젠이츠를 향해 필사적으로 뭔가를 이야기했지만, 쨕쨕거리는 소리가 시끄러울 뿐이었다.

동물의 감정마저도 냄새로 알 수 있는 탄지로나, 산 멧돼지 밑에서 자랐다는 이노스케라면 그 참새가 지금 열심히 젠이츠를 격려하고, 어서 동료들을 도우러 가자고 호소하고 있음을 알아들었을 것이다.

그러나 유감스럽게도 젠이츠에게는 그런 능력이 없었다.

"좋겠다. 넌 속 편해서…. 아무것도 모르겠지, 인간사 따윈."

쨕타로는 한숨을 쉬는 젠이츠를 보고 잔뜩 화가 나서 손등을 마구 쪼아 댔다.

쨱타로(이 역시 젠이츠가 멋대로 지은 이름이지, 본명은 아니다)도 평범한 참새는 아니었다. 귀살대의 연락 담당인 까마귀들 틈에서 유일한 참새이면서도 제 소임을 다하는, 어엿한 대원이었다. 젠이츠는 그 사실을 전혀 모르지만.

"아야야야야앗!!"

젠이츠는 참새를 뿌리치면서 고함을 질렀다.

"넌 정말… 귀엽지가 않아, 그런 점!! 정말이지, 하나도 안 귀여워!!"

덥석 붙잡아서 따지자, 참새는 언제 그랬냐는 듯 시치미를 딱 뗐다.

"도깨비인 네즈코가 그렇게 귀여운데, 참새인 네가 이렇게 흉포하면….'

그렇게 말하다 말고 퍼뜩 깨달았다.

"앗!! 그 자식!! 네즈코를 데려가 버렸잖아?!"

네즈코는 탄지로의 여동생이다.

하지만 그녀는 식인 도깨비에게 가족이 몰살당할 때 홀로 살아남아 도깨비로 변하고 말았다.

보통 도깨비들은 사람을 잡아먹어야 살 수 있다. 이성을 잃어서, 인간이던 시절의 가족이든 친구든 상관없이 공격해서 잡아먹게 된다.

그런데 신기하게도 네즈코는 그러지 않았다. 평소에는 도깨비의 능력으로 자그마한 어린아이 모습이 되어서, 탄지로가 짊어진 나무 상자 안에서 잠을 잔다.

처음으로 네즈코를 본 순간부터 젠이츠는 그녀에게 완전히 푹 빠졌다. 만일의 경우를 대비해 대나무로 만든 재갈을 물려 놨지만, 그래도 그녀의 아름다움은 감춰지지 않는다고 생각했다.

"왜 나의 소중한 네즈코를 데려가?!! 이 어처구니없는 탄지로 놈. 위험한 곳에 좀 데려가지 마, 소녀를!! 이 바보, 바보, 바보, 바보!!"

젠이츠는 자리에서 벌떡 일어나 무시무시한 기세로 달리기 시작했다. 죽어도 들어가기 싫다던 나타구모산을 향해 곧장 달렸다.

"네즈코오오오!!"라는 귀청을 찌르는 외침이 산길에 울려 퍼졌다.

탄지로 일행은 같은 귀살대 대원들이 휘두르는 칼을 간신히 몸을 돌려 피했다.

"이것들, 죄다 바보구먼?! 대원들끼리 싸우는 게 금기사항이란 것도 모르나 봐!"

자신도 얼마 전까지는 몰랐으면서 이노스케가 비웃었다. 탄지로는 외쳤다.

"아니, 그런 게 아니야!! 동작이 이상해! 뭔가에 조종당하고 있는 거야!!"

"좋았어, 그럼 절단을 내 주지!!"

"안 돼!! 살아 있어!! 아직 살아 있는 사람도 섞여 있다구! 게다가 동료의 주검에 흠집을 내선 안 돼!!"

"계속 부정만 하지 마!!"

아웅다웅하는 와중에, 탄지로의 코가 매우 어렴풋한 위화감을 포착했다.

'!! 이 사람의 등 쪽에서 달콤한… 뭔가 기묘한 냄새가!!'

눈앞에 다가온 대원의 등 위쪽에 대고 칼을 휘둘렀다. 미세한 감촉과 함께 뭔가가 잘렸고, 대원은 땅바닥에 엎어졌다.

"실이야!! 실로 조종당하고 있어!! 실을 잘라!!"

"너보다 내가 먼저 알았거든?!"

이노스케가 양손의 칼을 휘두르자, 남은 3명의 대원도 풀썩 풀썩 쓰러져 갔다.

탄지로는 주변을 살폈다. 적은 어디에 있지? 조종하고 있는 도깨비의 위치는.

'윽!!'

일순 엄청나게 자극적인 냄새가 코를 찔렀다. 탄지로는 반사적으로 코를 손으로 막았다. 그 손의 옷소매에서 뭔가가 바스락 소리를 냈다.

"?!"

소리가 나는 쪽을 보자, 작은 거미 두 마리가 옷소매를 기어다니고 있었다. 엉덩이에서 뻗어 나온 실이 달빛에 반짝 빛났다고 생각한 순간, 그 실이 뒤쪽으로 쭉 잡아당겨졌다.

자신의 팔까지 끌려가려 해서, 탄지로는 황급히 일륜도를 휘둘러 실을 잘라 냈다.

'거미가 조종하는 실을 연결하고 다니는 건가?!'

순간적으로 깨달았다. 그렇다면…!!

돌아보니 역시 방금 전에 분명히 실을 잘랐던 대원들이 또다시 스멀스멀, 낚싯줄에 걸려 올려지듯 일어서고 있었다.

"실을 자르는 것만으론 안 돼!! 거미가 조종하는 실을 다시 연결할 거야!! 그러니까⋯."

말을 마지막까지 마치지 못하고 탄지로는 입가를 손으로 덮었다.

또다. 또 그 자극적인 냄새가 났다. 악취가 바람에 실려 흘러들어왔다.

"그렇다면 그 거미를 몰살해 버리면 그만이지!"

이노스케가 자신만만하게 말했지만, 탄지로는 고개를 저었다.

"무리야!! 거미는 작고, 아마 숫자도 상당할 거야!! 조종하고 있는 도깨비를 찾아내야 해! 근데 아까부터 이상한 냄새가 흘러들어와 내 코가 제구실을 못 하고 있어!"

탄지로는 또다시 발밑에 몰려든 거미들을 펄쩍 뛰어 피하면서 외쳤다.

"이노스케!! 만약에 네가 뭔가 도깨비의 위치를 정확하게 탐색하는 힘을 갖고 있다면, 협력해 줘!!"

탄지로는 이노스케란 남자를 잘 모른다. 최근 한 달간 함께 생활하긴 했지만, 툭하면 싸우려 하고 성질을 냈기에 제대로 된 대화는 나누지 못했다.

"그리고, 어어…."

아까 구해 준 선배 대원을 힐끗거렸다. 그는 다시 조종당하는 동료와 싸우고 있었지만, 그 시선을 알아차리고 자신의 이름을 밝혔다.

"난 무라타!!"

"조종당하고 있는 사람들은 무라타 씨랑 내가 알아서 처리할게! 이노스케 넌…."

그렇게 말하는 탄지로의 위를 비추던 달빛이 갑자기 사라졌다.

위를 올려다보니 공중에 누군가가 서 있었다.

'공중에 떠 있잖아?!'

"우리 가족의 조용한 생활을 방해하지 마라."

아니, 떠 있는 게 아니었다. 발밑의 실이 반짝 빛났다. 나무와 나무 사이에 걸쳐진 거미줄 위에 서 있는 것이다.

새하얀 머리카락과 새하얀 피부를 가진 소년이었다. 탄지로보다 조금 어린 정도일까.

하얀 기모노의 밑자락과 소매에는 거미집이 그려져 있었다. 옷깃에는 빨간 구슬을 빨간 실로 꿴 듯한 문양. 그것과 같은 문양이 얼굴 여기저기에도 드러나 있었다.

'도깨비다.'

소년 도깨비는 탄지로를 내려다보고는 감정이 느껴지지 않는 목소리로 말했다.

"너희 같은 것들은 곧 **엄마**가 죽일 거야."

'**엄마**?'

이노스케가 높이 뛰어서 도깨비를 베려 들었다. 그러나 아쉽게도 높이가 부족했다. 도깨비는 이노스케의 칼이 호를 그린 위치보다 훨씬 높은 곳을 유유히 걸어서 숲속으로 사라져 갔다.

"젠장!! 너 이 자식, 어디로 가는 거야? 대결하자, 대결!! 뭐 하러 뛰어나왔어?"

"이노스케!! 저 아인 아마 실을 조종하는 도깨비가 아닐 거야! 그러니까 우선은 먼저…."

"아아아!! 알았어! 도깨비의 행방을 찾아내라 이거지? 시끄러, 이 마빡아!"

이노스케는 큰 소리로 불평을 늘어놓으면서 한쪽 무릎을 땅에 대고 앉았다. 두 자루의 일륜도를 자신의 어깨 넓이로 땅에 꽂더니, 양팔을 넓게 벌리고 집중했다.

"**짐승의 호흡 제7형! 공간식각(空間識覚)!!!**"

울창한 숲에서 자란 이노스케는 촉각이 뛰어나다.

아류로 익힌 호흡법으로 날카롭게 연마된 촉각은 집중을 통해 공기의 미세한 진동마저 감지해서, 직접 만지지 않은 것도 포착할 수 있는 것이다.

주위의 나무들을 넘어 깊은 숲속까지 감각을 뻗은 이노스케는 이윽고 그 앞에서 미약한 움직임을 감지했다.

숲 한가운데, 나무가 비교적 적어서 약간 트인 광장 같은 장소.

그곳에 도깨비가 있었다.

조금 전과는 다른 도깨비. 아마도 여자.

"찾았다! 거기구나?!"

하지만 그러는 동안에도 꼭두각시 인형들은 실을 자르고 잘라 내도 자꾸만 일어나서 공격해 왔다.

"여긴 나한테 맡기고 너도 먼저 가!!"

소리친 건 선배 대원 무라타였다.

"오줌싸개가 뭔 소릴 하는 거야?"

이노스케가 한껏 얕보는 말투로 말했다.

"누가 오줌을 쌌다고 그래? 이 빌어먹을 멧돼지가!! 너한테 말한 거 아니니까, 입 다물어!!"

호통을 치면서 무라타는 탄지로에게 지시했다.

"한심한 꼴을 보이긴 했지만, 나도 귀살대의 검객이야!! 여긴 어떻게든 해결해 볼게!!"

역시 선배는 선배라서, 그의 검술은 본래의 예리함을 되찾은 뒤였다.

"실을 자르면 된다는 걸 알았고, 여기서 조종당하고 있는 자들은 동작도 단순해! 거미도 조심할게! 도깨비 근처에는 훨씬 강력하게 조종당하고 있는 자가 있을 테니, 둘이서 가 봐!"

"알았어요!! 감사합니다!!"

"우선 네놈부터 한 대 팬 다음에!"라고 악을 쓰는 이노스케를 제지하고 팔을 잡아끌면서 탄지로는 숲속을 달렸다.

물결처럼 하늘하늘 흔들리는 실을 따라서 소년 도깨비는 나무들을 넘어갔다.

도깨비는 마치 실뜨기를 하는 것처럼 거미줄을 손가락에 휘감아 가지고 놀면서 중얼거렸다.

"아무도 방해하지 못해…. 우린 가족 5명이서 행복하게 살 거야…. 우리의 인연은 아무도 끊을 수 없어…."

"저 자식, 기필코 패 줄 거야!!"

이노스케는 숲속을 달리면서도 여전히 분통을 터트렸다.

"그런 소리 좀 그만해!!"

계속 구시렁거리는 이노스케를 탄지로가 타일렀다.

"나더러 빌어먹을 멧돼지라잖아. 몬지로!!"

"탄지로야!"

그때, 그들 앞쪽의 수풀이 버석, 소리를 내며 크게 흔들렸다.

숨을 삼키며 멈춰 섰다. 수풀을 헤치며 나타난 건, 젊은 여성이었다.

"안 돼…. 이쪽으로 오지 마."

귀살대 대원복 차림이었다. 어조는 명확했으나 울고 있었다.

"계급이 더 위인 사람을 데려와!! 그러지 않으면 전부 죽여 버릴 거야!!"

왼손으로는 같은 대원복인 남자의 머리카락을 움켜잡고 질질 끌고 있었다. 오른손에 쥔 일륜도의 칼끝에는 다른 남자의 목이….

"제발… 제발 부탁이야!!"

끼릭, 끼릭, 끼릭… 하고 뭔가를 팽팽하게 당기는 소리가 들렸다. 그녀의 주위로 무수히 많은 실들이 반짝반짝 빛났다.

새하얀 소년 도깨비가 공중의 실을 타고 유유히 밤하늘을 걸었다.

이윽고 그가 사뿐히 내려앉은 곳은 숲이 약간 트인 장소였다.

정중앙에 자리한 거대한 바위 위에 긴 머리카락을 지닌 여자 도깨비가 앉아 있었다.

하얀 기모노. 하얀 머리카락. 하얀 피부에 드러난, 빨간 구슬을 실로 꿴 듯한 문양.

얼굴 생김새도 소년과 아주 많이 닮았다.

"우후후후…. 나한테 가까이 오면 올수록 실은 더 굵고 강해져서, 인형도 강해지지…."

즐거운 듯 혼잣말을 하면서 여자 도깨비는 쉴 새 없이 실을 조종 중이었다.

"엄마."

소년은 나무들 사이에서 그녀에게 말을 걸었다. 여자는 깜짝 놀라서 돌아봤다.

"루이…!"

"이길 수 있지?"

루이라고 불린 소년은 엄마라는 여자 도깨비를 차갑게 응시했다.

"시간이 너무 오래 걸리는 거 아냐?"

엄마 도깨비의 이마에 땀이 조금씩 배어 나왔고, 안색이 더욱더 창백해져 갔다.

"서두르지 않으면 아빠한테 일러바칠 거야."

"괜찮아!! 엄마가 할 수 있어!!"

엄마 도깨비는 다급하게 외쳤다.

"반드시 널 지켜 줄 테니까!! 아빠한텐 말하지 마!! 아빠한테는…!!"

"그럼, 빨리 해."

냉담한 말을 툭 내뱉은 루이는 숲속으로 사라졌다.

그 뒷모습을 바라보면서 엄마 도깨비는 거친 숨을 내쉬면서 양손을 쳐들었다.

"으으으으!! 죽어라!! 죽어!! 얼른 죽어!! 그러지 않으면 내가 끔찍한 꼴을 당하게 돼…!!"

"도망쳐!!"

여자 대원은 울면서 마구잡이로 칼을 휘둘렀다. 도저히 인간의 움직임이라고 할 수 없는 동작이었다.

"조종당하고 있어서 움직임이 전혀 달라!! **우린** 이렇게 강하지 않았어!!"

원래는 굽혀지지 않을 각도까지 팔이 꺾이고, 원래는 돌아가지 않을 형태로 비틀렸다. 그때마다 그녀는 비명을 질렀다. 뼈가 삐걱거리고 부러지는 소리가 났다.

'도깨비가 실로 몸을 강제로 움직이는 바람에. 뼈가 부러져도 아랑곳하질 않는구나…. 너무해!!'

끼릭끼릭 소리는 더욱 시끄러워지고, 나무들 사이에서 귀살 대원이 2명 더 나타났다.

두 사람 다 피범벅에, 팔이 부러져 있었다. 그런데도 칼이 쥐여진 채 싸우기를 강요당하고 있었다.

"주… 죽여 줘…."

남자 한 명이 간신히 알아들을 만한 미약한 목소리로 말했다.

"팔다리도… 뼈, 뼈가… 내장에 박혔…어…. 강제로 움직이면… 격통 때문에… 못 참겠어…. 어쨌거나… 곧… 죽을 목숨…."

탄지로는 경악했다. 어떡하지? 어떡하면 좋지…?

"도와줘…. 숨통 좀… 끊어 줘…!!"

"오냐, 알았다!!"

이노스케가 그들을 향해 달려들었다. 탄지로는 소리쳤다.

"잠깐만 기다려!! 어떻게든 구할 방법을…."

"시끄러어어엇!! 본인이 죽여 달라잖아!!"

조종당하는 대원들은 무시무시하게 빨라서, 탄지로는 공격을 피하는 게 고작이었다.

이노스케가 외쳤다.

"이 녀석들, 너무 빨라서 꾸물대다간 우리가 당해!"

"생각 좀 하게 조금만 기다려 줘!!"

여자 대원이 내리치는 칼을 피하면서, 탄지로는 필사적으로 머리를 굴렸다. 실은 자르고 잘라도 또 금세 이어져서, 공격이 멈출 기미가 도무지 보이지 않았다.

'기술은 쓰고 싶지 않다!! 하지만 실을 잘라 봤자 또다시 바로 연결되어 버리고. 동작을 멈추려면….'

그래!!

탄지로는 냅다 달리기 시작했다. 예상대로 여자 대원은 뒤쫓아왔다. 가속이 제법 붙었을 때 탄지로는 갑자기 돌아서더니, 몸을 숙여 그녀의 허리를 잡아 들어 올렸다. 그리고 그대로 온 힘을 실어 위쪽으로 던졌다.

실이 나뭇가지에 엉키면서 그녀는 공중에 매달리게 됐고, 움직임이 멎었다.

"됐다! 성공적으로 엉켰어!"

"뭐야아아아, 그거어언!! 나도 해 보고 싶어어어!!"

재미있어 보였는지, 이노스케도 가까이 있던 남자 대원을 유인해서 똑같은 방식으로 나무 위로 던졌다. 역시나 실이 엉켜서 남자는 공중에 붕 떠 있게 됐다.

"봤냐? 네가 할 수 있는 건 나도 할 수 있다고!!"

"미안!! 미처 못 봤어!! 상황이 상황인지라…."

"뭐엇?! 내가 한 번 더 할 테니까 똑바로 봐 둬!!"

"알았어, 그렇게 해! 좌우간 난폭하게만 굴지 마…!"

이런 와중에도 경쟁을 벌이려는 이노스케를 탄지로가 타이르려고 한 그때.

갑자기 슈루룩…! 하는 기괴한 소리가 들렸다. 실이 빠른 속도로 잡아당겨졌다.

조종당하던 대원 3명의 목이 무서운 기세로 비틀렸다.

둔탁한 소리가 차례차례 울려 퍼졌다. 목이 완전히 부러진 것이다.

"아앗! 제기랄!! 전부 죽었잖아!"

이노스케가 괜한 헛수고만 했다며 탄지로를 타박하듯이 외쳤다.

조종 중이던 도깨비가 이제 그들은 무용지물이라며 꼭두각시로 사용하기를 단념한 것이리라. 그리고, 쓸모없어진 도구를 처리했다….

나무에 매달린 두 사람도, 방금 전까지 이노스케에게 달려들었던 남은 한 명도 더는 꿈쩍도 하지 않았다.

탄지로는 땅바닥에 쓰러진 남자의 눈꺼풀을 조심스레 감겨
줬다.

이노스케는 뭐라고 말하려 했지만, 탄지로에게서 뿜어져 나
오는 분노의 기운을 느끼고는 눈치껏 입을 꾹 다물었다.

"…가자."

담담하게, 탄지로가 말했다.

"…그래."

이노스케도 끄덕였다.

두 사람은 다시금 숲의 안쪽을 향해 달려가기 시작했다.

"이쪽이야!! 상당히 가까워졌어!!"

이노스케가 외쳤다.

풍향이 바뀌면서 탄지로의 코도 겨우 살아나기 시작했다.
냄새는 2개 더….

나무들 너머에서 거대한 그림자가 움직였다.

"이노스케!!"

"내가 먼저 알았거든?!"

또다시 경쟁하려는 듯이 이노스케가 뛰어나갔다.

"?!"

그들 앞을 막아선 그 그림자는….

"머리통이 없어어어어!!"

다부진 체격의 남자… 도깨비일 것이다. 근육이 울룩불룩한 헐벗은 상반신. 그러나, 어깨 위에 있어야 할 머리가 없었다. 깔끔하게 잘려 나간 것처럼 아무것도 달려 있지 않았다.

다리는 인간의 것이었지만, 두꺼운 팔의 팔꿈치 아래는 벌레의… 거미의 다리처럼 변해 있었다.

"저 자식, 급소가 없어! 없는 건 벨 수가 없는데!!"

이노스케가 웬일로 공황 상태에 빠졌다. 도깨비의 급소는 목. 특수한 칼 일륜도로 잘라 내야만 죽일 수 있었다.

"어떻게… 에엑?! 어떻게 하지? 어떻게 하지?!"

"진정해!! 대각선으로 베어 보자!!"

탄지로는 외쳤다.

"오른쪽 목 뿌리 부분부터 왼쪽 옆구리 밑까지 베어 보는 거야! 광범위하고 상당히 단단하겠지만 아마도…."

말을 다 마치기도 전에 이노스케가 달려가서는 도깨비의 정면으로 뛰어들었다.

"잠깐만!! 같이….."

달려오는 이노스케에게 도깨비가 거미손을 휘둘렀다. 뾰족한 발톱 끝이 이노스케의 피부를 찢었다.

"빠르다! 하지만, 못 피할 정도는….."

하지만 다음 순간, 이노스케의 팔다리는 꿈쩍도 못 하게 됐다.

조종용 실을 연결하는 작은 거미가 어느 틈엔가 몸에 달라붙은 것이다. 팽팽하게 당겨진 실에 고정당한 이노스케를 향해 도깨비의 발톱이 날아왔다.

'못 움직이겠다!! 당하겠어!!'

그때, 탄지로가 뛰어들었다. 이노스케를 감싸듯이 앞에 나와서 도깨비의 팔을 아슬아슬하게 일륜도로 잘라 냈다.

"!!"

도깨비가 주춤하는 틈을 타서 이노스케를 붙잡은 거미 실을 잘랐다.

"이노스케!! 같이 싸우자!"

탄지로의 목소리가 울려 퍼졌다.

"같이 생각해 보는 거야! 이 도깨비를 쓰러뜨리기 위해서 힘을 합치자!"

이노스케는 당혹스러웠다.

왜 이 녀석은 날 구해 주지? 왜 '같이'라는 말을 하는 거야?

근질근질해! 뭔가 따스한 것 같은 이 이상한 기분은 뭐지?

"야, 인마아아!! 더 이상 날 해롱해롱하게 만들지 마아앗!!"

이노스케는 우렁차게 외치고는 재차 도깨비를 향해 칼을 치켜들고 달려갔다.

"방해하지 마, 거기!!"

도깨비 앞에 서 있는 탄지로에게 고함을 질렀다. 그러나 탄지로는 기다렸다는 듯이 몸을 푹 숙였다.

"날 밟아!!"

"!!"

탄지로가 등에 진 상자가 그야말로 딱 적당한 높이의 발판이 되었다. 이노스케는 엉겁결에 그가 시키는 대로 그 위에 뛰어올랐다.

눈앞에 쑥 내밀어진 도깨비의 양팔이 있었다. 번쩍 빛을 발한 이노스케의 두 일륜도가 그것들을 잘라 버렸다.

"이노스케, 뛰어!!"

이노스케가 뛰어오르는 것과 동시에 탄지로는 그대로 앞구르기를 하면서 기술을 펼쳤다.

"전집중 물의 호흡! 제4형 들이친 파도!!"

탄지로의 칼이 세차게 밀려오는 파도처럼 도깨비의 다리를 베어 넘겼다. 무릎 아래쪽을 잃은 도깨비가 쿵 하고 쓰러졌다.

"대각선으로 베어!"

무방비해진 도깨비의 넓은 어깨가 이노스케의 바로 코앞에 있었다.

'젠장. 이게 뭐지? 열받네!'

이렇게 되는 게 마치 필연인 것 같았다. 흡사 강물이 흘러가는 것만큼이나 당연하게.

전부 탄지로의 생각대로 돌아가지 않는가. 난 저 녀석의 종인가?

아니, 그게 아니다. 누가 위고 아래를 따질 일이 아니었다.

'이놈은 본인이 앞에 나설 필요도 없이, 싸움의 전체적인 흐름을 보고 있어.'

이노스케는 두 자루의 칼을 하나로 모은 다음, 단숨에 대각선으로 내리쳤다.

목 없는 도깨비의 두꺼운 몸이 쩍 갈라지고, 순식간에 재처럼 무너져 내리기 시작했다.

이겼다. 이길 수 있었다.

"네가 할 수 있는 건 나도 할 수 있어. 이 멍청아아아아!!"

어리둥절한 탄지로를 향해 전속력으로 달려가서는 허리춤을 껴안았다. 그대로 전신의 탄력을 이용해 탄지로의 몸을 공중으로 높이 내던졌다.

이 나무숲 너머에 도깨비가 있다.

또 하나의 도깨비. 실을 조종 중인 도깨비가.

이노스케는 그곳을 향해 탄지로를 던진 것이다.

'당했다!! 당했어!! 저 인형이 제일 빠르고 강한 건데…!!'

여자 도깨비는 이를 갈았다. 루이에게 엄마라고 불렸던 그 도깨비다.

조종 중이던 목 없는 도깨비가 적에게 당해 버렸다.

'애당초 루이가 겁주러 온 게 잘못이었어!! 그것 때문에 당황하고… 초조해서….'

퍼뜩 놀라서 고개를 들었다.

도깨비 사냥꾼 소년이 나무숲 저편에서 튀어 오르듯이 날아왔다.

칼을 치켜들고 있었다. 저 기세를 몰아서 여기로 착지한다면, 죽는다… 목이 잘린다!!

'생각해…. 생각하는 거야!!'

아아… 하지만….

엄마 도깨비는 더는 미련을 갖지 않게 됐다.

'죽으면 해방되겠지…? 편해지겠지…?'

그대로 도깨비 사냥꾼을 향해 두 팔을 벌렸다. 꼭 이리로 오라는 깃처럼.

모든 것을 내려놓은 듯 눈을 감고는 고개를 뒤로 젖혔다. 그가 베기 쉽도록.

"물의 호흡 제1형…."

탄지로는 기술을 꺼낼 준비를 하다가 깜짝 놀라서 숨을 삼켰다.

도깨비는 도망치려 하지 않았다. 오히려 자신이 베기 쉽게 목을 훤히 드러내 보였다.

함정일 가능성도 희박한 것이, 살기가 전혀 없었다. 분노나 증오의 냄새도 나지 않았다.

탄지로는 재빨리 다른 기술을 꺼냈다.

"물의 호흡 제5형! 가뭄의 단비."

제5형에 베인 사람에겐 고통이 거의 없다.

상대방이 스스로 제 목을 바칠 때만 사용하는 자비의 검격.

부드러운 비를 맞고 있는 듯한 느낌이 들었다.

엄마 도깨비는 마냥 놀라워서 눈을 동그랗게 떴다.

조금도 아프지 않았다. 괴롭지도 않았다. 그저 따뜻하기만
했다….

이다지도 평온한 죽음이 찾아올 줄이야.

'이로써… 해방이다….'

이 산에서의 생활로부터.

'잘못했어…. 사죄할 테니까 그만 용서해 줘. 뭐 때문에 화
난 거야? 뭐가 맘에 안 든 거야?'

반복되는 아빠 도깨비의 체벌.

'뭐 때문에 화가 난 건지 모른다는 게 잘못이지.'

차갑게 내뱉는 루이.

'엄마가 또 아빠한테 혼나고 있네?'

비웃는 '형' 도깨비.

슬프고 괴롭기만 했던 생활이 마침내 끝난다.

도깨비 사냥꾼이 슬픈 눈으로 이쪽을 보고 있었다.

부드러운 눈빛, 맑고 투명한.

'인간이었던 시절, 누군가 날… 저렇게 부드러운 눈빛으로 바라봐 줬던 것 같다….'

그건 누구였지?

'기억이 안 나. 언제나 날 소중히 아껴 줬던 사람인데….'

어머니? 아니면 다른 누군가…?

'그 사람은 지금… 어떻게 지내고 있을까…?'

눈물이 넘쳐흘렀다. 그저 슬프고 애달프게….

여자 도깨비의 목이 녹듯이 사라지면서 공중에 흩날렸다.

탄지로는 가엾이 여기면서 그 얼굴을 바라봤다.

도깨비는 울고 있었다.

하얀 머리카락과 하얀 피부가 눈처럼 바스러졌다.

여자 도깨비는 눈물이 그렁그렁한 눈으로 고맙다고 인사하듯 탄지로를 쳐다본 다음, 사라지기 시작한 입술을 달싹였다.

"…십이귀월이 있어. 조심해…!!"

"?!"

그 말을 마지막으로 도깨비는 사라졌다. 바위에 앉아 있던 몸통 쪽도, 하얀 기모노 한 꺼풀만 남긴 채 바스러지고 말았다.

'십이귀월?! 이 산에 십이귀월이 있다고?'

그것은 모든 도깨비들의 시조이자 원흉 키부츠지 무잔의 직속 수하인 12명의 도깨비를 뜻했다.

'십이귀월의 피는 키부츠지의 피도 매우 진하게 들어 있겠지…!! 피를 빼앗으면 네즈코가 인간으로 돌아오는 약의 완성도 가까워진다!!'

이 산에는 도깨비가 몇 명이나 더 있는 걸까.

혼자서 생각에 잠기려다 불현듯 떠올렸다.

"참, 이노스케!!"

서둘러 조금 전의 장소로 돌아갔다. 이노스케는 그 자리에 우뚝 서 있었다.

"쓰러뜨렸냐?!"

어째선지 무척이나 거만하게 물어봤다.

"쓰러뜨렸어. 이노스케, 너 괜찮아…?"

"나한테 그런 세심한 배려하지 마!"

이노스케는 화를 내는 것인지, 으스대는 것인지, 몸이 뒤로

48

눈빛...。

저

젖혀질 만큼 가슴을 쭉 내밀면서 말했다.

"잘 들어! 이제 알겠지? 네가 할 수 있는 건 나도 할 수 있다고! 좀만 더 있으면 내 머리도 네 머리보다 단단해질 거고, 그리고…."

하지만 이노스케의 몸 이곳저곳에서 흐르는 피를 보고 슬퍼진 탄지로에게 그런 말은 들리지 않았다.

'심한 부상이다…. 다른 동료들도 구하지 못했어….'

자신이 조금 더 강했더라면, 경험이 풍부했다면 조종당하던 선배들도 구할 수 있었을 텐데.

게다가 그 여자 도깨비.

'그 사람한테선 공포와 고통의 냄새가 났다…. 죽음을 갈망할 정도로….'

이 산은 도대체 뭘까?

'십이귀월이 있고… 도깨비 일족이 사는 산?'

하지만 도깨비는 무리지어 다니지 않는다고 하지 않았나?

이제까지도 도깨비들 여럿이 함께 공격해 온 적은 있었다. 그러나 그건, 단지 같은 먹이, 다시 말해 인간을 노렸기 때문이거나, 키부츠지의 명령을 받아 일시적으로 함께 행동했을 뿐이었다.

영문을 모르겠다.

탄지로는 응급 처치가 싫다고 요리조리 피하는 이노스케와 함께 다시 산속을 걷기 시작했다.

제 3 화 강인한 칼날

"아얏! 뭔가 따끔했어~~!"

젠이츠는 자신의 손바닥을 노려보며 투덜거렸다.

"뭐야, 정마아아알~~!! 열받아아아~~"

산으로 뛰어들긴 했으나, 탄지로 일행도 보이지 않아서 기분은 정말이지 최악이었다.

"어디로 간 거야? 어느 쪽이냐고!!"

젠이츠는 화를 씩씩 내면서 산길을 걸었다.

그의 뛰어난 청력을 사용한다면 이런저런 정보를 조금 더 알아낼 수 있겠지만, 솔직히 말하자면 무진장 겁이 나서 오히려 알고 싶지 않았다. 그래서 일부러 소리를 버럭버럭 지름으로써 공포심을 억누르고 있는 것이다.

"그리고 냄새나, 이 일대!! 구린내!! 이젠 울고 싶어!!"

무슨 냄새일지는 깊이 생각하기 싫었다.

"거미가 바사삭거리는 소리도 엄청나. 징그러 죽겠네! 아니, 물론 거미도 열심히 살고 있는 거겠지만!"

그렇게 말하는 도중에도 발밑의 수풀에서 바스락 소리가 들렸다.

"야잇! 시끄러. 가만히 좀 있어!!"

뒤돌아서 수풀 쪽을 본 젠이츠는 얼어붙었다.

커다란 거미가 그를 올려다보고 있었다.

아니, 거미가 아니었다. 거미는 맞는데, 거미가 아니라….

"어떻게 이럴 수 있지?!"

인면(人面)인뎁쇼? 인면 거미인뎁쇼?!

거미의 몸뚱이에 인간의 머리가 달린 게 이쪽을 원망스러운 눈으로 바라보는뎁쇼?!

"어떻게 된 거야?! 이게 어떻게 된 거냐고?!"

젠이츠는 이 상황이 도무지 이해가 가지 않아서 전력으로 달음질쳤다.

"꿈이어야 해! 꿈이어야 해! 꿈이어야 해, 제발!!"

전후좌우를 살필 겨를도 없이 죽어라 달렸다. 눈을 감은 채로 달렸다. 좌우간 지 인면 기미로부터 멀어지고 싶었다.

"이게 꿈이라면 나 열심히 살게! 깨어났을 때 네즈코가 무릎 베개까지 해 주고 있으면 완전 열심히 살게! 밭농사도 지을게! 한 필이든 두 필이든 지어 볼게!"

그러니까!

"제발 악몽에서 깨어 다오오오오!!"

하늘을 향해 그렇게 외친 다음, 젠이츠는 겨우 눈을 떴다.

그러나 그곳에 펼쳐진 광경은 더욱 지독한 악몽에 지나지 않았다.

"뭐야, 저건? 뭐야, 저건? 뭐야, 저건?!"

깊은 숲속. 달빛을 받으면서 오두막이 공중에 떠 있었다.

어디에나 있을 법한 판잣집이었다. 그게 옆으로 기울어져서 공중에….

그리고 그 주위에는 인간 몇 명이 매달려 있었다.

그들 주변에 슬쩍슬쩍 보이는 것은 실일까?

오두막도, 인간들도 가느다란 실에 연결되어서 공중에 떠 있는 것인가.

인간은 대부분이 귀살대 대원복을 입고 있었다. 그리고 그
중 몇 명은 거미로 변화 중이었다.

머리카락이 빠지고, 몸 크기가 줄어들고, 팔다리도 짧아져
서 거미 다리로 변화하고 있었다.

눈을 까뒤집고 몸을 끊임없이 잘게 떠는 사람. 완전히 의식
이 없어진 사람.

너무나도 끔찍한 광경에 젠이츠는 도망치는 것도 잊은 채
멍 하니 서 있었다.

굉장히 자극적인 냄새가 그 일대에 충만했다. 조금 전부터
맡았던 냄새였다. 목구멍까지 쓰려오는 냄새. 눈물이 나오고
눈도 아팠다. 코가 밝은 탄지로라면 죽었을지도 모른다.

반사적으로 코를 움켜쥐고 뒷걸음질 치려는 찰나, 공중에
매달린 오두막에서 끼익… 소리가 났다.

비스듬히 기울어진 오두막의 문은 지면 방향으로 훤히 열려
있었다.

그 문 안쪽에서 뭔가가 슥 하고 내려왔다.

"흐헉…!!!"

그것은 거대한 거미였다.

아니, 거미의 모습을 한 도깨비였다. 거미 몸뚱이에 인간의

머리가 달린 도깨비.

엉덩이에서 실을 뽑아내 거꾸로 매달려서는 히죽히죽 웃으며 젠이츠를 바라봤다.

'크다!! 크다!!'

보통 인간의 몇 배는 될 거대한 인면 거미.

'크다!! 너무 커!!'

심지어 냄새가 지독했다. 이 거미가 밖으로 나오자 냄새가 한층 강해졌다. 이놈이 악취의 근원인 것이다. 이놈 자체의 냄새가 구렸다.

젠이츠는 이제 한계였다. 쓰라린 눈에서 눈물을 흘리면서 외쳤다.

"난 너 같은 놈하곤 말도 안 할 거야!!"

몸을 돌려서 달아나려고 한 젠이츠에게 거미 도깨비는 실실 웃으면서 말했다.

"도망쳐 봤자 소용없어. 넌 이미 졌거든."

"말 걸지 마!! 너 같은 놈, 딱 질색이라구!!"

도깨비는 재미있다는 듯이 크흐흣 웃었다.

"손 좀 봐."

"뭐엇?! 손?! 손이 뭐!!"

겁을 내면서도 자신의 왼손을 본 젠이츠는 할 말을 잃었다.

어느샌가 손바닥 군데군데가 보랏빛으로 변색돼서 부어 있었다.

"독이야. 물렸지? 거미한테. 너도 거미로 변하는 독이란다."

젠이츠는 새파랗게 질려서 그 자리에 얼어붙었다.

그때였다. 조금 전, 손이 따끔했던 순간. 그때 이미 물린 것이었다.

"ㅋ흣, ㅋㅎㅎ훗." 하고 거미 도깨비는 웃었다.

"사반각※ 후엔 내 노예가 되어 땅바닥을 기어 다닐 거야⋯."

도깨비는 잘 보라면서 자신의 거미 발톱을 움직였다. 그 끝에는 회중시계가 매달려 있었다.

시간은⋯ 이제 곧 심야 11시.

"알겠냐? 이 긴 바늘이 여기에 오면,"

도깨비는 뾰족한 발톱 끝으로 문자판의 '壹(1)'을 콕콕 쪼았다.

"손발에 마비와 통증이 오기 시작하지."

이번에는 '參(3)'을 쪼았다.

※사반각(四半刻) : 약 30분.

"여기에 오면, 현기증과 구역질이 추가되고."

그런 다음 '肆(4)'를 가리켰다.

"여기서 격통이 일어나고 몸이 오그라들기 시작하며 실신하지. 그리고 깨어났을 땐 너도 거미 대열에 합류하는 거야."

"끄아아아아악!! 꽤애액!!"

젠이츠는 더 이상 견딜 수 없었다. 듣기 싫은 비명을 지르면서 주저앉으려 했지만, 발밑에 인면 거미 여러 마리가 기어 다니는 것을 보고 또다시 절규했다.

"아아아악!!!"

목이 터져라 소리를 지르면서 우왕좌왕 뛰어다녔다.

"도망쳐 봤자…."

"소용없다고? 네네네!! 알아! 안다고!!"

울고불고하면서 엄청난 속도로 근처 나무에 기어올랐다. 도깨비는 그 모습을 보면서 큰 소리로 웃었다.

"하하하하!! 너 뭐 하는 거야?"

"시끄러!! 시끄러!!"

"겁낼 필요 없어. 독이 완전히 퍼져 거미가 되고 나면 지능도 사라지니까."

"아니. 그러니까 그게 싫은 거라고, 그게!! 넌 왜 모르는 거야…?! 너 친구, 애인도 없지? 그러다 미움받는다?!"

젠이츠는 꽥꽥 소리를 지르면서 나뭇가지 위에 웅크려 앉아 울기 시작했다.

"히이이이익, 히이이익. 싫어, 싫어!! 저렇게 되고 싶지 않아, 히이이이이익!!"

'정신 차려!!'

양손으로 막은 귀 안쪽으로 그리운 목소리가 울려 퍼졌다.

그것은 사범의 목소리였다. 젠이츠에게 '번개의 호흡'을 가르쳐 준 노인 쿠와지마 지고로의 노성.

'울지 마!! 도망치지 마!! 그런 행동엔 아무 의미도 없어!!'

젠이츠는 검객이 되는 수행 도중에도 언제나 이렇게 울고 투덜거리기 일쑤였다.

'아니, 이러다 진짜 죽어! 더 이상 수행했다간 죽는다고!!!'

생각났다.

그렇다. 그때도 언덕 위의 큰 나무로 올라가, 나무줄기에 바짝 매달려서 울었다.

'안 죽어, 그 정도론!! 썩 내려와, 이 멍청아!!'

지고로는 버럭버럭 고함을 질렀다. 번개의 호흡 사용자인 만큼, 그가 호통을 칠 때마다 번개가 번쩍이는 것 같았다.

'할아버지!!'

'사범님이라고 불러!!'

'난 할아버지가 좋아!!'

젠이츠는 울면서 지고로에게 호소했다. 이 무렵의 젠이츠는 아직 평범한 검은 머리였다.

'반한 여자가 딴 남자랑 도망치는 데에 쓸 돈을 갖다 바치다가 빚더미에 앉은 날 구해 줬고!! 물론 단지 검객으로 키우고 싶어 그런 건지도 모르지만!'

본래 천애고아였던 젠이츠에게는 가족도 친구도 없었다. 그래서 빚을 갚아 주는 대신에 팔려 온 것이나 다름없는 신세일지라도, 이곳에서의 생활은 즐거웠다.

'할아버지의 기대에 보답하고 싶어, 나도!! 근데 무리야!! 미안하게 생각해, 내가 이런 놈이라!!'

머리카락이 산발이 되도록 몸을 격하게 흔들면서 빽빽 울부짖었다.

'실은 할아버지 몰래 수행도 하고 있어! 나 잠 한숨도 못 잤어!! 그런데도 결과가 전혀 안 나오잖아!! 왜 이러는 건데?! 도대체 왜 이러는 건데?!'

'진정해라, 젠이츠! 너한텐 재능이….'

그때였다. 갑자기 먹구름이 끼기 시작한 하늘에서 별안간 벼락이 떨어진 것은.

벼락은 젠이츠가 매달려 있던 나무를 직격했다.

겨우 목숨만은 건졌지만, 그 대신 어떤 조화인지는 몰라도 머리카락이 노란색으로 변해 버렸다.

'재수 없는 인생이야…. 살아남은 것만으로… 감지덕지였는데….'

그때는 머리카락 색깔만 바뀐 정도로 그쳤다. 하지만 이번에는 가망이 없었다. 더 이상은.

'난… 나 자신이 제일 나를 싫어해.'

젠이츠는 울면서 생각했다.

'잘해야 된다고 늘 생각하고 있지만… 겁먹고, 도망치고, 엉엉 울고.'

달라지고 싶다. 제대로 된 인간이 되고 싶다.

"그래도!! 내 딴엔 열심히 노력하고 있다구!! 그런데도 최후엔 머리카락 싹 다 빠지고 괴물이 되는 거야?! 거짓말이지?! 해도 해도 너무한 거짓말이지?!"

눈물과 콧물로 엉망진창이 된 얼굴을 문지르고 머리카락을 쥐어뜯었다.

"······?!"

그 손가락에 머리카락이 휘감겨서 뭉텅 뽑혀 나왔다.

'벌써… 이 단계에서 빠지는 거야?'

젠이츠는 멍하니 자신의 황금색 머리카락을 쳐다봤다.

'털 빠지기 시작한다고… 저 녀석, 아까 설명해 주지 않았잖 아….'

더는 안 되겠어.

젠이츠는 그 순간, 의식을 잃었다.

'뭐야, 이 녀석은?'

거미 모습을 한 도깨비는 별안간 축 늘어진 젠이츠를 의아 한 표정으로 바라봤다.

'우리 일족을 죽이러 온 도깨비 사냥꾼 아니었어?'

실신했나? 나뭇가지 위에 벌러덩 널려 있었다. 땅에서 기어 올라온 인면 거미 부하들이 그의 두루마기 소매에 달라붙자 균형이 무너져서 머리부터 수직으로 떨어졌다.

'머리부터 떨어져서 죽겠네…. 대체 뭐야.'

하지만 상관없었다. 직접 해치울 수고를 덜었다.

거미 도깨비가 그렇게 생각하고 있을 때.

쉬이이이이… 하는 기묘한 호흡 소리가 낙하 중인 젠이츠의 입에서 새어 나오는가 싶더니.

"번개의 호흡 제1형. 벽력일섬(霹靂一閃)!"

젠이츠는 땅바닥과 충돌하기 직전에 몸을 돌려서, 눈으로 따라잡을 수 없는 속도로 나무줄기를 박차고 뛰어올랐다.

"!!"

느닷없이 자신의 코앞으로 날아온 젠이츠를 향해 도깨비는 입에서 독을 분사했다. 그러나 젠이츠는 공중에서 몸을 비틀어 그것을 피하고는 멋지게 지면에 안착했다.

'좀 전과는 전혀 딴사람처럼 날카로운 동작.'

"달려들어!"

도깨비의 지시에 맞춰서 인면 거미들이 뛰어 올랐다.

손을 허리춤의 칼에 대고 있던 젠이츠는 옆 뛰기로 그들을 피했다. 그리고 착지한 순간에 다시금 자세를 낮췄다.

"반독(斑毒) 가래!"

도깨비가 재차 독을 뱉었다. 뒤로 펄쩍 뛰어서 피한 젠이츠는 착지한 자리에서 또다시 일륜도에 손을 갖다 댔다.

'완전히 똑같은 자세를 몇 번이나 취하고 있다. 하하하, 틀림없네. 이 녀석….'

도깨비는 비웃었다.

'이 녀석, 한 가지 기술밖에 쓸 줄 모르는 거야!'

그렇다. 도깨비가 제대로 알아봤다.

'번개의 호흡'의 형태는 6종류가 있다. 하지만 젠이츠는 그중 하나인 제1형밖에 익히지 못했다.

아무리 특훈을 해도 나머지 5종류는 터득하지 못한 것이다.

'괜찮다, 젠이츠. 넌 그걸로 충분해. 한 가지만 할 수 있으면 만만세야.'

언제였던가. 지고로 사범이 그렇게 말한 것을 젠이츠는 비몽사몽간에 떠올렸다.

공포가 극한까지 달하면 의식을 잃듯이 잠들고, 그 상태일 때만 본래의 강한 실력을 발휘하는 검객, 아가츠마 젠이츠.

그러나 그는 자신이 그렇게 강하다는 것을 알지 못한다.

'한 가지밖에 할 수 없다면 그걸 완벽하게 터득해라. 극한의 극한까지 갈고닦아.'

지고로는 젠이츠의 머리를 주먹으로 빡빡 때리면서 말했다.

'칼 벼르는 방법을 알고 있느냐? 칼은 말이다. 때리고, 때리고, 계속 때려서 불순물과 여분의 것들을 다 날려 버리고, 강철의 순도를 높여 강인한 칼날을 만드는 거란다.'

'그래서 할아버진 날 그렇게 매일같이 때리는 거야? 하지만 난 강철이 아니야. 맨살의 몸뚱이라구.'

'젠이츠, 끝까지 터득해라. 울어도 돼, 도망쳐도 돼. 단, 포기하지만 말아라.'

'믿는 거야. 지옥 같은 단련을 견뎌 낸 나날을. 넌 반드시 보상받을 거다. 극한까지 계속 때려라. 그 누구보다도 강인한 칼날이 되어라!!'

황금색 불꽃을 튀기는 일륜도를 막 뽑으려 한 찰나, 거미가 또 반독 가래를 내뿜었다. 재빨리 피하자 이번에는 인면 거미 부하들이 달려들었다.

좀처럼 기술을 꺼내지 못하는 상황에서 젠이츠는 뛰고 피하기를 반복하며 몇 번이나 자세를 바로잡았다.

시간이 흘러갔다.

독이 퍼져서 아프고 저린 팔다리. 동작은 둔해지고 통증은 계속 더 커져 갔다.

이미 거미 도깨비가 들고 있는 시계의 긴 바늘은 '3'을 가리키려 했다.

여기서부턴 강렬한 구역질과 현기증이 추가된다. 무수한 인면 거미들을 떼어 내면서 젠이츠는 끝내 지면에 한쪽 무릎을 꿇었다.

'꺼져.'

또 누군가의 목소리가 들렸다. 지고로 사범과는 다른, 젊은 남자의 목소리.

'너도 알잖아? 아침부터 밤까지 엥엥 울면서 창피하지도 않아? 쓰레기 같은 놈.'

이건 사형의 목소리였다. 함께 '번개의 호흡'을 익히던 사형의.

'너 같은 놈한테는 이렇게 할애할 시간도 아까워. 우리 선생님이 얼마나 대단한 분인데.'

그렇다. 사범의 분부로 함께 복숭아를 따러 갔을 때의 기억이다. 잘 익은 복숭아가 가득 열린 숲속에서, 나중에 온 젠이츠를 사형은 무섭게 노려봤다.

'하지만 할아버진….'

'뻔뻔하게 할아버지라고 부르지 마!!'

사형은 한입 베어 물려던 복숭아를 젠이츠에게 던졌다.

'선생님은 '주(柱)'셨어! 귀살대 최강의 칭호를 받은 분이라

고!'

나도 알아. '주'라는 건 귀살대에 9명밖에 없는 최고위 검객을 말해.

번개의 호흡 사용자가 '주'가 되면 '명주(鳴柱)'라고 불려. 할아버지는 35살에 도깨비와 싸우다 오른 다리를 잃어서, 주 자리에서 은퇴하고 '육성자'가 되셨어.

'전(前) 주 출신에게 지도받을 수 있는 일은 좀처럼 없어!'

고개를 푹 숙인 젠이츠의 머리에서 복숭아가 미끄러져 내려 땅바닥에 떨어졌다.

'선생님이 널 훈련시키고 있는 시간은 다 헛된 거야!! 눈에 거슬리니까 꺼져!!'

사형은 우수했다. 젠이츠와는 달리.

'네가 왜 여기에 있는 거야?! 왜 자꾸 여기에 매달려?!'

왜냐하면, 그건.

'부모가 없는 내겐 아무도 기대해 주지 않는다. 아무도 내가 무언가를 거머쥐거나 무언가를 성취하는 미래는 꿈꾸지 않아.'

누군가에게 도움이 되거나, 평생 단 한 명이라도 좋으니 누군가를 끝까지 지켜 내 행복하게 해 주는 소소한 미래조차도, 아무도 원하지 않는다.

일단 실패하고 울거나 도망치면, 아아, 이 녀석은 이제 글렀구나, 라며 떠나간다.

'하지만 할아버진 몇 번이고 끈기 있게 날 꾸짖어 주셨어. 몇 번이고, 몇 번이고 도망친 날 몇 번이고, 몇 번이고 도로 질질 끌고 와서.'

누가 봐도 그건 좀 지나치게 팬 거였지만. 그래도.

'날 포기하진 않았다….'

"찔러! 독을 좀 더 부어 넣어!!"

거미 도깨비가 외쳤다. 인면 거미들이 입 밖으로 날카로운 침이 달린 혀를 내밀어서 젠이츠를 노렸다.

사방에서 달려드는 인면 거미들을 젠이츠는 데굴데굴 구르면서 피했다.

마구 움직이는 바람에 독이 빠르게 퍼졌다. 젠이츠는 피를 토하고는 또다시 지면에 무릎을 꿇었다. 인면 거미들이 우르르 몰려들었다.

더 이상 움직일 수 없을 것으로 판단한 거미 도깨비는 웃었다.

하지만 그때, 공기가 저릿저릿 흔들렸다.

젠이츠가 다시 준비 자세를 취하고 있었다.

그를 중심으로 불꽃이 튀었다. 푸른빛이 도는 하얀 불꽃. 그에게 닿은 인면 거미들이 감전된 것처럼 튕겨나가 땅바닥에 나뒹굴었다.

불길한 예감이 든 도깨비는 실을 타고 오두막 안으로 돌아가려 했다.

"번개의 호흡 제1형! 벽력일섬 6연속!"

땅을 힘차게 밟고, 커다란 나무의 줄기를 박차고 뛰어오른 젠이츠의 몸이 그야말로 번개 같은 궤적을 그렸다.

벼락이 떨어진 듯한 굉음. 몹시 빠른 6연속 검격.

공중에 매달린 오두막으로 뛰어든 젠이츠의 칼은 눈을 한 번 깜빡이는 사이에 거미 도깨비의 목을 베어 버렸다.

거미 도깨비는 자신의 몸에 일어난 일을 이해하지 못한 채, 재로 변해 사라져 갔다.

젠이츠 역시 충격으로 낙하한 오두막 위로 떨어졌다.

지붕에 세게 충돌하고 널브러져서 하늘을 쳐다보니, 달이 떠 있었다.

잠에서 깨어난 젠이츠는 이번에도 자신이 무슨 일을 했는지, 그리고 지금 상황이 어떻게 됐는지조차 알 수 없었다.

이건 아직 꿈속일 것이다. 틀림없이 그렇다.

'언제나 꿈을 꿔. 행복한 꿈이야.'

난 강하고, 그 누구보다 강해서, 약한 사람이나 곤경에 처한 사람을 구해 줄 수 있다. 언제나.

'할아버지가 가르쳐 준 것, 내게 쏟아 준 시간은 헛된 게 아니었던 거야… 할아버지 덕분에 강해진 내가 아주 많은… 사람들에게 도움을 주는… 꿈….'

하지만 이젠 틀렸다.

몸이 움직이지 않는다. 팔다리가 마비되고, 수축되기 시작했다.

이대로 거미로 변하는 것이다. 아니, 어쩌면 죽을지도 모른다.

눈을 감으려 했던 젠이츠의 귓가에 지고로의 목소리가 들렸다.

'포기하지 마!!'

헉 하고 놀란 젠이츠는 한 번 더 눈을 떴다.

그렇다… 포기하지 마.

'호흡을 이용해서 조금이라도 독의 순환을 지연시켜….'

배웠잖아. 크게 다쳤을 때, 독에 당했을 때의 대처법.

아파도, 괴로워도, 편한 쪽으로 도망치지 마… 그랬다간 할아버지한테 얼어맞아.

'그래. 탄지로한테도… 혼날 거야….'

젠이츠는 괴로워하면서도 호흡에 집중했다.

"방금 이 소리… 벼락이 떨어진 건가?"

탄지로는 숲의 반대편에서 들린 굉음에 놀라 뒤를 돌아봤다.

그러나 달이 휘영청 밝은 하늘에는 아주 작은 조각구름 몇 개밖에 보이지 않았다.

"소나기구름 냄새는 안 나는 것 같은데… 자극적인 냄새가 강해져서 잘 모르겠어…."

탄지로와 이노스케는 숲속을 흐르는 작은 강가를 걷고 있었다. 때마침 어렵지 않게 건널 수 있을 만한 얕은 지점을 찾아내서, 이노스케는 강으로 들어가려 했다.

"이노스케."

"아아아아앙?!"

아까부터 유난히 심기가 불편한 이노스케는 돌아보지도 않았다.

"난 건너편으로 좀 가 봐야겠어."

"네 맘대로 하지 그래애애애?!"

"이노스케는 그만 하산해."

탄지로가 그렇게 말하자 이노스케는 또 황당해하면서 겨우 발걸음을 멈췄다.

"왜?! 나가 죽어!!"

"아니, 심하게 다쳤으니까."

"난 안 다쳤어!!"

"에엑?!"

아니, 전혀 그렇지 않았다. 이노스케의 몸은 상처투성이였다.

"아무튼 어서 산을 내려가."

"웃기지 마, 누가 다쳤다고 그래?"

두 사람이 말다툼을 벌이고 있을 때, 불현듯 강 건너편에서 참방 소리가 났다.

퍼뜩 놀라 쳐다보니 반대편 강가에 하얀 사람의 모습이 있었다.

새하얗고 긴 머리. 거미집 무늬의 하얀 기모노. 하얀 피부에 떠오른 빨간 구슬 문양.

"도깨비다!"

그 소년 도깨비나 조금 전의 엄마 도깨비와 생김새가 무척 비슷했다. 소녀 모습의 도깨비였다.

"오오오!! 없애 버려야지!! 야, 도깨비!!"

얕은 물속으로 성큼성큼 들어가는 이노스케를 탄지로도 황급히 뒤쫓았다.

그러나 소녀 도깨비는 몸을 돌려 달리기 시작했다. 그리고 숲속으로 뛰어들며 큰 소리로 외쳤다.

"아빠!!"

그 부름을 받고 느닷없이 위쪽에서 뭔가가 떨어졌다.

"!!"

어마어마하게 거대한 남자 도깨비.

울퉁불퉁한 근육질의 우람한 상반신은 헐벗었고, 새하얀 피부에는 역시 빨간 구슬을 실로 꿴 듯한 문양이 떠올라 있었다.

그러나 마구 풀어헤친 새하얀 장발 사이로 보이는 그 얼굴은 인간의 형상이 아니었다.

"…거미!!"

옆으로 쫙 찢어진 입 전체에 제멋대로 돋아난 이빨. 짧은 바늘 같은 털로 뒤덮인 딱딱해 보이는 피부. 코는 없으며, 둥그런 유리구슬 같은 눈알이 위쪽에 2개, 아래쪽으로 5개가 옆으로 죽 박혀 있었다. 틀림없는 곤충의, 거미의 얼굴이었다.

"내 가족들 앞에 얼씬거리지 마!!"

아빠 도깨비는 걸걸하고 탁한 목소리로 외친 후, 그 두꺼운 팔을 내리쳤다. 뛰어서 피한 탄지로와 이노스케 대신에 물속의 커다란 바위가 부서지면서 물보라가 높이 솟구쳤다.

"물의 호흡 제2형! 물방아!"

도깨비는 탄지로의 회전 베기를 오른팔을 들어서 받아 냈다.

'칼날이 안 통해!!'

팔을 잘라 내기는 커녕, 살에 약간 박힌 것만으로 저지당하고 말았다.

옴짝달싹할 수 없어진 탄지로를 향해 도깨비의 왼팔이 날아왔다. 옆쪽에서 뛰어든 이노스케가 두 자루의 칼로 그 팔을 베려고 했지만, 역시 상대가 되지 않았다.

"딱딱해애애앳!!"

도깨비는 갑자기 양팔을 쳐들었다.

간신히 얕은 여울에 착지한 탄지로에게로 도깨비가 돌진했다.

"내 가족들 앞에에에, 얼씬거리지 마아아앗!!"

옆쪽에서 덮쳐오는 팔을 겨우 피했지만, 그 주먹은 강바닥을 도려냈다. 달려든 이노스케도 왼팔 한 방에 튕겨나가고 말았다.

'형태를 사용해도 벨 수가 없어!! 어떡하지…? 어떡하지…?!'

탄지로는 옆 뛰기로 강변에 올라선 다음, 회전 베기 기술을 꺼내면서 옆쪽 큰 나무를 향해 뛰었다. 뿌리 쪽이 베인 굵직한 통나무가 떠어엉! 하고 도깨비의 위로 쓰러졌다.

"크아악!"

보기 좋게 통나무에 깔린 도깨비는 강 속에서 발버둥 쳤다.

'이러면 벨 수 있다!'

"전(全)집중 물의 호흡 제10형!!"

도깨비를 향해 기술을 펼치려 한 탄지로 앞에 느닷없이 나무줄기가 튀어 올랐다. 도깨비가 통나무를 안고 휘두른 것이다.

아슬아슬하게 뒤쪽으로 뛰어서 칼 손잡이로 막아 내 충격을 줄이긴 했지만, 기세까지 죽이진 못했다. 탄지로는 허공을 향해 슈웅 튕겨나갔다.

"켄타로!"

남의 이름을 못 외우는 이노스케가 엉뚱한 사람을 목 놓아 찾았다.

탄지로는 공중을 가로지르며 외쳤다.

"이노스케, 죽지 마!! 그놈은 십이귀월이야!! 내가 돌아올 때까지 죽지 마!!"

죽지 마, 절대로 죽지 말라고 되풀이하면서 탄지로는 나무 숲의 건너편으로 날아갔다.

쉬이이이익… 쉬이이이익… 하는 젠이츠의 호흡 소리가 정적에 싸인 숲속에 울려 퍼졌다.

전집중의 호흡을 사용해서 독이 퍼지는 속도를 늦추고 있었지만, 슬슬 한계인 듯했다.

팔다리의 감각이 없다. 숨이 잘 쉬어지지 않게 됐다.

'죽는 걸까? 나는….'

탄지로는, 이노스케는 지금 어디 있을까.

'네즈코… 미안해….'

바로 위에서 밝게 빛나는 달도 이제 흐릿하게 보이기 시작했다.

그 달 옆에서 나비가 날고 있었다.

'이런 한밤중에 나비가…. 나는… 마침내 환각을….'

나비는 아름다운 날개를 펼쳐서 점점 가까이 다가왔다. 하늘하늘 춤을 추듯, 젠이츠의 곁까지 내려왔다.

커진다. 커진다. 점점 커진다.

계속 커져서 그것은 사람의 모습이 되었다.

"여보세요, 괜찮으세요?"

여자 목소리였다.

'누구…지…?'

젠이츠는 침침해지는 눈에 필사적으로 힘을 줬다.

아직 어린, 열일곱에서 열여덟 살로 보이는 아름다운 소녀가 바로 옆에 서 있었다.

나비 날개로 보였던 것은 그녀의 두루마기.

두루마기 안에는 귀살대 대원복을 입고 있었다. 큼직한 나비 모양 머리 장식이 달빛을 받아 빛났다.

"참새가 날 안내해 줬답니다. 다행이네요."

소녀는 젠이츠의 얼굴을 들여다보며 싱긋 웃었다.

"물의 호흡 제2형!! 물방아!!"

지면에 기술을 세게 때려 넣으면서 낙하의 충격을 완화시킨 탄지로는 간신히 착지했다.

그러나 그 순간, 귀를 찌르는 날카로운 비명에 놀라서 고개를 들었다.

"?!"

숲속에서 하얀 기모노를 입은 소녀가 이쪽으로 등을 보이며 웅크리고 있었다. 아까 그 도깨비였다. 두 손으로 얼굴을 감싸고 울었다.

그 앞에 서 있는 건, 공중에서 탄지로를 내려다봤던 그 소년 도깨비였다. 손가락에 실뜨기를 하는 것처럼 거미줄을 휘감으면서 발밑에 웅크린 소녀를 차갑게 내려다보고 있었다.

소년 도깨비가 실그물을 늘였다 줄였다 할 때마다 소녀 도깨비는 겁을 내며 뒷걸음질쳤다. 소녀의 손가락 사이로 피가 흘렀다. 얼굴이 보였다. 피투성이였다. 아무래도 소년 도깨비에게 당한 듯했다.

"뭐 하는 짓이야…!! 동료 아니야?!"

탄지로가 따지자 소년 도깨비 루이는 같잖다는 말투로 말했다.

"동료? 그런 얄팍한 존재와 똑같이 취급하지 마. 우린 가족이야. 강한 인연으로 연결되어 있지. 게다가 이건 나와 누나의 문제야. 쓸데없이 참견하면 도륙 낼 거다."

"가족이든 동료든, 강한 인연으로 연결되어 있다면 다 똑같이 숭고한 거야. 한 핏줄이 아니면 얄팍하다거나, 결코 그렇지 않아!!"

탄지로는 루이를 노려보면서 말했다.

"그리고 강한 인연으로 연결되어 있는 이들한테선 신뢰의 냄새가 나지. 하지만 너희한테선 공포와, 미움과, 혐오의 냄새밖에 안 나!"

루이는 말이 없었다. 누나라는 소녀 도깨비는 어깨를 떨고 있었다.

"이런 건 인연이라 부르지 않아! 유사품… 가짜라고!!"

탄지로가 그렇게 소리쳤을 때, 갑자기 옆쪽 나무숲에서 부스럭 소리와 함께 사람 그림자가 나타났다.

"어? 마침 딱 적당하게 도깨비들이 있네?"

젊은 남자 귀살대원이었다. 상황 파악이 전혀 안 되는지, 무방비하게 접근했다.

"이런 꼬맹이 도깨비라면 나도 죽일 수 있지."

"안 돼. 그러지 마!!"

탄지로조차 알 수 있었다. 이 대원은 역부족이다. 절대로 이 도깨비에게 맞설 수 없다.

그러나 남자는 일륜도에 손을 가져가면서 비웃듯이 말했다.

"넌 빠져 있어. 난 안전하게 출세하고 싶다고. 출세하면 위에서 지급되는 돈도 많아질 테니까. 부대는 거의 전멸 상태지만, 난 일단 그럭저럭 쓸 만한 도깨비 한 마리를 쓰러뜨리고 하산하련다."

자신의 실력도, 상대가 얼마나 강한지도 헤아리지 못하는 어리석은 대원은 그대로 루이를 향해 달려갔다.

그리고 다음 순간, 그의 몸은 산산조각이 나서 허물어졌다.

아마도 루이가 일종의 공격을 펼친 것이리라. 하지만 아무것도 보이지 않았다. 대원 쪽을 돌아보는 동작도 없었다.

루이는 경악하는 탄지로를 새빨간 눈으로 노려봤다.

"너, 방금 뭐라고 했지?"

무시무시한 위압감이었다. 공기가 무겁고 진해졌다.

탄지로는 일륜도를 다잡았다.

'이노스케… 미안. 조금만 더 힘내 줘. 이 도깨비만 쓰러뜨리고 바로 갈게. 구하러 갈 테니까.'

"몇 번이고 말해 주지! 너의 그 인연은 가짜야!!"

이노스케는 간신히 숲속으로 도망친 뒤에 나무 그루터기에 몸을 숨기고 있었다.

온몸의 상처에서 피가 계속 흘렀다. 조금 전에 탄지로가 통나무에 맞아 날아갈 때도 도깨비의 움직임을 눈치챘건만, 출혈 때문에 휘청거려서 막을 수가 없었다.

숨이 가빠져서 괴로웠다.

'이런 데에 숨어 있다니, 한심하다. 그래도 생각해야 해…. 칼이 안 통하는 놈을 벨 방법을….'

어떡하지? 어떡하지? 하고 자신의 머리를 주먹으로 때렸다.

'생각해, 생각해!!'

그때, 온몸에 소름이 돋았다. 아슬아슬하게 비켜선 순간, 지금까지 몸을 기대고 있던 커다란 나무가 우지끈 부러졌다.

어느 틈엔가 그 도깨비가 바로 뒤쪽까지 쫓아온 것이다. 이노스케는 서둘러 도망치기 시작했다.

'그 녀석이 돌아올 때까지 어떻게든….'

그런 생각을 떠올렸다가, 스스로에게 부아가 치밀었다.

"뭐야아앗? 이 사고방식!! 웃기고 자빠졌네!!"

돌아오면 뭘 어쩌겠다는 거야. 함께 싸우겠다고? 힘을 합쳐서 이놈을 해치워?

"으아아아!! 빌어먹으으을!!"

이노스케는 몸을 홱 돌려서 도깨비를 향해 돌진했다.

"톤타로균에 오염됐어! 큰일 날 뻔했네!"

왼손의 칼을 전력으로 내리쳤다.

"생각 따위 하는 나는 내가 아니지이이이!!"

도깨비는 그 칼날을 오른팔로 막아 냈다. 역시 단단해서 칼날이 들어가지 않았다. 이노스케는 자신의 칼등을 오른손에 쥔 또 한 자루의 칼로 세게 때렸다. 칼을 칼로 누르고 온몸의 체중을 실었다.

좍앙! 소리와 함께 도깨비의 오른팔이 잘려 나갔다.

"으랏차! 베었다아앗!!"

이노스케는 매우 기뻐하면서 뒤쪽으로 펄쩍 뛰었다.

"간단한 원리지! 한 자루로 안 베이면 그 칼을 내리쳐서 베면 되는 거야! 왜냐하면 난 칼을 두 자루 갖고 있으니까! 으하하하하!! 최강!"

양손의 칼을 흔들며 덩실거리는 이노스케였으나, 어째선지 도깨비는 몸을 돌려 달려가기 시작했다.

"왜 도망가? 인마아아아!!"

도깨비의 다리는 빨라서, 순식간에 어두운 숲속으로 사라지고 말았다.

"제기랄. 그 자식, 어디로 갔지?"

주변을 두리번두리번 둘러봤다.

"으으으으! 젠자아앙!!"

치밀어 오르는 짜증에 몸을 부들부들 떨면서 주위의 기척을 살폈다.

"! 거기구나아앗?!"

도깨비는 높은 나무에 올라가서 두꺼운 가지에 양팔, 양다리를 휘감아 단단히 매달려 있었다. 열받게도, 방금 전에 틀림없이 베었던 오른팔까지 다시 붙어 있었다.

'저 망할 멍청이 자식~! 어디까지 올라간 거야?! 아직도 내가 머릴 쓰게 만들려는 심산이구나?'

하지만 자세히 보니, 도깨비는 몸 전체를 잘게 떨고 있었다.

"푸하하!! 나한테 겁먹고 떨고 앉았네!"

이노스케는 우쭐해져서 웃었으나, 다음 순간 얼어붙게 된다.

나뭇가지 위에 넙죽 엎드려 있던 도깨비의 등이 갑자기 쩌적 갈라진 것이다.

거죽을 주르륵 벗어 버리는 것처럼 새로운 몸이 솟아오르는 그 광경은, 그야말로 벌레의 탈피 그 자체였다.

헌 거죽을 벗어던진 도깨비는 쿵 소리를 내며 이노스케 앞에 뛰어내렸다.

크다. 전보다도 더, 2배는 거대해졌다.

어깨에도 팔에도 날카로운 가시가 무수히 돋아났고, 얼굴에는 10개가 훨씬 넘는 빨간 눈알이 번뜩거렸다.

괴물 그 자체인 얼굴이 노려봤을 때, 이노스케는 태어나 처음으로 목숨의 위협을 느꼈다.

이제껏 적한테서 이만한 '압력'을 느껴 본 적은 없었다.

'다 틀렸다. 못 이겨… 난 죽을 거야.'

몸이 움직이지 않았다. 강대한 육식맹수 앞에 내던져진 작은 동물처럼.

'죽은 몸이야….'

'죽지 마!!'

탄지로의 목소리가 들린 기분이 들어서 이노스케는 정신이 확 들었다.

'내가 돌아올 때까지 죽지 마!!'

동시에 다정한 노파의 목소리가 떠올랐다.

'그 어떤 순간에도 긍지 높게 살아 주십시오.'

심하게 다친 이노스케 일행을 살뜰히 돌봐 줬던 히사의 목소리.

'무운을 빕니다….'

키리비를 쳐 주면서 그렇게 말한, 그 목소리….

기분이 해롱해롱해졌다. 동시에 마음속에서 불꽃이 화르륵 점화됐다.

'안 져! 절대로 안 져!'

양손의 일륜도를 다잡고 거미 사내를 매섭게 쏘아봤다.

"난 귀살대의! 하시비라 이노스케다!! 덤벼라, 이 빌어먹을

쓰레기야!!"

이노스케는 그렇게 외치고 힘차게 달려들었다. 그러나 아빠 도깨비의 팔 한 방에 간단히 튕겨나가고 말았다.

'빠르다!! 안 보여!!'

게다가 일격이 묵직했다. 5배는 족히 될 체격 차이. 그 무게를 실어서 휘둘러진 주먹의 위력 앞에 이노스케의 몸은 마치 테마리처럼 튀어서 근처 나무에 세게 충돌했다.

뒤이어 공격해 오는 아빠 도깨비를 간신히 피한 이노스케는 혼신의 힘으로 뛰어올랐다. 그리고 공중에서 도깨비의 뒷덜미를 노렸다.

"짐승의 호흡 제3엄니, 뜯어발기기!"

양손의 일륜도를 십자 모양으로 들고 동시에 내리쳤다. 그 칼날은 도깨비의 목덜미를 정확히 포착했지만, 살에 파고들지도 못한 채 두 자루 모두 부러졌다.

"……!!"

당황한 순간에 몸을 돌린 도깨비의 오른팔이 이노스케를 힘껏 후려쳤다. 낙법도 취하지 못하고 또다시 나무줄기에 부딪쳤다.

"내 가족들 앞에 얼씬거리지 마아아앗!!"

아빠 도깨비는 그렇게 소리치면서 이노스케의 목을 잡아 들어 올렸다.

"난 안 죽어어어어어!!"

이노스케는 남은 힘을 쥐어짜서 기술을 펼쳤다.

"짐승의 호흡 제1엄니! 꿰뚫기!!"

부러진 두 자루의 칼을 하나로 모아서 도깨비의 목에 꽂아 넣었다.

'꽂혔다!!'

하지만 그대로 꿈쩍도 하지 않았다. 칼을 움직일 수 없어서 목을 베어 내기란 도저히 불가능했다.

'딱딱해애애애!!'

잠시 느슨해졌던 도깨비의 손에 다시 힘이 실렸다.

이번에야말로 진심이었다. 죽는다. 살해당한다. 이대로 목이 으스러져서.

그 마지막 순간.

이노스케는 주마등처럼 과거의 광경을 보았다.

'미안하다. 미안하다, 이노스케.'

한 여자가 아기인 자신을 안아들고 얼굴을 보고 있었다. 울고 있었다.

누구지? 떠오르지 않아. 얼굴이 잘 안 보여.

하지만, 어째서일까? 기분이 해롱해롱해.

탄지로. 젠이츠. 그리고 등꽃 문양이 새겨진 집의 할머니.

그 녀석들을 만나기 전까지는 몰랐던 감정. 무아지경으로 질주하고 싶어지는 이상한 감정.

하지만 이 여자, 이 여자는… 왜지?

여자는 이노스케를 절벽 아래로 집어던졌다….

'누구야…?'

아아, 틀렸다. 곧 죽어.

이제, 죽는다….

바로 그때.

탁! 하고 충격을 받았다.

"꾸에엑!!"

아빠 도깨비의 비명이 들리고 이노스케는 땅바닥에 내팽개쳐졌다.

흐릿한 시야 가장자리에 누군가가 서 있었다.

'뭐지…?'

이노스케의 목은 아직 도깨비의 손에 붙들려 있었다. 하지만 그것은 팔꿈치 부근에서 깨끗하게 잘려 나간 뒤였다.

'벤 건가? 저 녀석이?'

젊은 남자. 귀살대 대원복을 입고 있었다. 그 위로는 절반씩 무늬가 다른 보기 드문 두루마기.

아빠 도깨비는 잘린 팔을 순식간에 재생시키고는 무시무시한 기세로 남자에게 돌진했다.

그러나 남자는 안색 하나 바꾸지 않았다.

"물의 호흡 제4형! 들이친 파도."

물길이 넘실거리는 환영(幻影)이 도깨비를 포박하는가 싶더니, 바로 다음 순간에 도깨비는 산산조각 났다.

'대단하다….'

이노스케는 그 자리에 주저앉은 채 남자를 올려다봤다.

'격이 달라…. 일격의 위력이 달라…. 천지만큼이나 차이가 나…. 저 딱딱한 괴물을 두부처럼 썰어 버렸어.'

대단해, 대단해, 대단해!!

'뭐지, 이 녀석?! 가슴이 막 두근두근 떨려!!'

남자는 천천히 칼을 칼집에 넣고 이노스케 쪽을 돌아봤다.

단정하지만 무표정한 얼굴. 빳빳해 보이는 검은 머리카락을 아무렇게나 하나로 묶은 그 남자.

만약 이 자리에 탄지로가 있었다면, 그의 이름을 불렀으리라.

그는 탄지로를 귀살대로 이끈 사형 토미오카 기유였다.

그러나 이노스케는 그런 사정을 전혀 몰랐다. 단지 무진장 강한 녀석이 왔다고만 생각할 뿐이었다.

이노스케는 비틀비틀 일어나서는 기유에게 냅다 삿대질을 했다.

"나랑 싸우자, 반반 두루마기!!"

기유는 미간을 아주 약간 찌푸렸을 뿐, 아무 말이 없었다.

"넌 그 십이귀월을 이겼고, 그런 너를 내가 이기는 거야! 그런 계산이지! 그렇게 하면 가장 강한 건 나라는 결론이 나와!!"

의기양양하게 말하는 이노스케가 어이없기는 했는지, 기유는 한숨을 내쉬었다.

"다시 수행해, 이 얼간아!!"

"뭐어어엇?!"

"방금 이놈은 십이귀월도 뭣도 아니야. 그런 것도 몰라?"

"알아!! 십이귀월이라고 말한 건 탄지로야!! 난 그 말을 그대로 읊은 것뿐이라…."

꽥꽥 소리를 지르고 나서야 퍼뜩 깨달았다.

"어?! ?! ?! 뭐야, 이건? 묶여 있잖아?!"

어느샌가 이노스케는 밧줄로 꽁꽁 묶여 있었다. 그리고 그대로 나뭇가지에 매달렸다. 마치 주머니 나방처럼.

'빠르다… 빨라, 저 녀석!!'

"야, 인마!! 거기 서, 인마!!"

버둥거리는 이노스케를 돌아보지도 않은 채, 기유는 빠르게 걸음을 옮겼다.

"자신의 부상 수준도 모르는 놈은 싸움에 관여하지 마."

그렇게 내뱉은 목소리는 이미 이노스케의 귀에 닿지 않았다.

"안 들려!! 걸음 더럽게 빠르네!!"

소리치는 이노스케만이 숲속에 홀로 남겨졌다.

"몇 번이고 말해 주지! 너의 그 인연은 가짜야!!"

탄지로는 외쳤다.

얼굴에 푸르스름한 핏대가 튀어나온 루이는 손가락으로 실을 당기면서 탄지로에게 다가갔다.

"넌 단숨에 죽이지 않을 거야. 한껏 갈기갈기 찢어 놓은 다음에 도륙을 내 주마. 하지만 아까 한 말을 취소하면 단숨에 죽여 줄게."

"취소 안 해! 난 틀린 말을 하지 않았어!! 이상한 건 너야! 틀린 건 너라구!!"

루이의 손에서 실이 뻗어 나왔다. 탄지로는 몸을 숙여서 피했다.

'알 수 있다!!'

어디선가 풍겨 오던 자극적인 냄새가 엷어졌다.

그것은 산 건너편에서 젠이츠가 커다란 거미 도깨비를 물리쳤기 때문이지만, 당연히 탄지로는 알 길이 없었다. 그러나 그 덕분에 실의 냄새를 맡을 수 있게 된 것이다.

"물의 호흡 제1형, 수면 베기!"

바로 앞에 있는 거미줄을 베려고 탄지로는 일륜도를 휘둘렀다.

"!"

챙강 하고 날카로운 소리가 났다.

'칼이 부러졌다!'

일륜도의 칼날이 밑동만 남기고 똑 부러지고 말았다!

'믿을 수가 없어…!! 그럼, 이 아이가 조종하는 실은 아까 베지 못한 도깨비의 몸뚱이보다 더 단단한 거야?!'

물의 호흡을 가르쳐 준 스승 우로코다키와, 이 칼을 벼려 준 도공 하가네즈카의 얼굴이 머릿속에 떠올랐다.

'죄송해요, 우로코다키 씨, 하가네즈카 씨. 제가 미숙한 탓

에 칼이 부러졌어요.'

하지만 지금은 그런 걸 신경 쓸 상황이 아니었다.

'생각하자, 생각해!! 실을 벨 수 없다면 간격 안쪽으로 들어가서….'

그러나 무리였다. 루이가 조종하는 실은 마치 살아 있는 것처럼 움직여서, 그 공격을 뚫고 나가기란 불가능했다. 지금도 실을 피해 이리저리 도망치느라 바빴다.

애당초 루이는 지금 탄지로를 죽이려고 하지 않는다. 아까 말했듯이, 아픈 맛을 살짝 보여 주면서 가지고 놀 생각이었다. 그런데도 이만큼 궁지에 몰려 있었다.

루이의 손이 빠르게 움직였다. 눈앞에 몇 가닥이나 되는 실들이 격자무늬처럼 펼쳐졌다.

'다 못 피하겠다!'

이 실그물에 걸리면 몸이 조각나고 만다. 조금 전의 대원처럼.

그런데 그 순간.

탄지로가 등에 매고 있던 나무상자에서 그림자가 튀어올랐다.

"네즈코!!"

네즈코는 탄지로를 감싸듯 양팔을 벌려서 전신으로 거미줄 세례를 받았다. 몸 이곳저곳이 찢어지고 피가 마구 튀었다.

"네즈코!!"

탄지로는 누이동생의 몸을 꽉 껴안고는 곧바로 뒤쪽 수풀 속으로 뛰어들었다.

"네즈코…! 네즈코! 오빠를 감싸다가…. 미안해…."

나무 그루터기에 네즈코를 뉘였다. 피투성이였다. 상처가 깊고, 왼쪽 손목은 뜯겨져 나갈 것 같았다.

네즈코는 도깨비다. 그러니 몸에 생긴 상처는 금방 낫는다. 하지만 그렇다고 해서 그냥 내버려 둘 수는 없는 노릇이다.

탄지로는 누이동생의 왼손이 잘 붙도록 고정시키면서, "빨리 나아라, 빨리 나아라."라고 연신 빌었다.

루이는 그 모습을 눈을 부릅뜨고 멍하니 바라보고 있었다.

부들부들 떨리는 손가락으로 둘을 가리키면서 물었다.

"남매냐?"

"그렇다면 뭐?!"

루이는 공격하지 않았다. 마치 믿기지 않는 것을 본다는 듯이 눈을 희번덕거리면서 혼잣말을 중얼거렸다.

"남매…. 남매…. 누이동생은 도깨비가 됐구나…. 그런데도 같이 있어….”

차츰 루이의 얼굴이 감동에 찬 표정으로 바뀌어 갔다.

“누이동생은 오빠를 감쌌어…. 몸을 바쳐서….”

진짜 ‘인연’이라고 루이는 감격에 겨워 외쳤다.

“갖고 싶어…!!”

“!! 자, 잠깐만!!”

갑자기 뛰어든 건 줄곧 뒤에 숨어 있던 소녀 도깨비였다. 그녀는 루이의 옷자락에 매달리면서 소리쳤다.

“잠깐만 기다려, 제발! 내가 네 누나야! 누나를 버리지 마!!”

“시끄러, 입 닥쳐!!”

루이는 돌아서면서 실을 내뿜었다. 누나 도깨비의 목이 잘려 나갔다.

“결국 너희는 제 역할도 소화해 내지 못했어. 늘… 그 어떤 순간에도.”

“자, 잠깐만….”

땅바닥을 굴러다니는 누나 도깨비의 머리가 눈물을 글썽이며 루이에게 호소했다.

“난 누나 노릇 제대로 했잖아? 만회하게 해 줘….”

“…그럼, 지금 이 산속을 헤집고 다니는 놈들을 죽이고 와.

그러면 아까 그 일도 용서해 줄게."

루이는 차갑게 말했다. 누나 도깨비의 몸이 비틀비틀 일어나서 자신의 머리를 주워 들었다. 그리고 원래대로 이어 붙이면서 숲속으로 사라져 갔다.

루이는 그런 누나 도깨비에게는 눈길조차 주지 않고 탄지로를 뚫어져라 쳐다보다가 이윽고 입을 열었다.

"꼬마야. 얘기 좀 하자."

'얘기…?!'

네즈코를 꼭 안으면서 탄지로는 인상을 찌푸렸다. 루이는 차분하게 말을 이었다.

"난 말이야. 감동했어, 너희의 '인연'을 보고 몸이 바르르 떨렸다. 이 감동을 표현할 말은 아마 이 세상에 없을 거야. 하지만 너희는 내 손에 죽는 수밖에 없어."

"……."

"아주 슬프겠지, 그리 되면. 하지만 그걸 회피할 방법이 딱 한 가지 있어."

루이는 오른손을 내밀었다.

"네 누이동생을 내게 다오. 순순히 넘겨주면 목숨만은 살려주마."

"…무슨 소릴 하는 건지 못 알아듣겠어."

"네 누이동생은 내 누이동생이 되는 거야, 오늘부터."

탄지로는 네즈코를 힘껏 껴안았다. 무슨 말을, 대체 무슨 소리를 하는 것인가, 이 도깨비는.

"그딴 걸 받아들일 리 없잖아! 게다가 네즈코는 물건이 아니야!! 자신의 생각도, 의지도 있어! 네 누이동생 따윈 되지 않아!"

"괜찮아. 걱정할 거 없어. '인연'을 연결할 거니까."

루이는 담담히 말했다.

"내가 더 강해. 공포의 '인연'이거든. 거역하면 어떻게 되는지 똑바로 가르칠 거야."

"장난도 정도껏 쳐!!"

탄지로는 고함을 질렀다.

"공포로 칭칭 옭아매 구속하는 건 가족의 '인연'이라 부르지 않아!! 그 근본적으로 그릇된 생각을 바로잡지 않으면 네가 원하는 건 손에 들어오지 않아!!"

"짜증 나니까 큰 소리 내지 말아 줄래? 너하곤 영 안 맞는구나."

루이는 얼굴을 찡그렸다. 탄지로는 마침내 상처가 아문 네

즈코를 그 자리에 눕히고는 루이 앞으로 달려갔다.

"네즈코를 너 같은 놈한테 넘겨줄 순 없어!"

"별로 상관없어. 죽여서 빼앗을 거니까."

"내가 먼저 네 목을 칠 거다."

"기세가 등등한데? 어디 할 수 있으면 해 보시든가."

루이는 비릿하게 웃으며 자신의 얼굴을 가리고 있던 머리카락을 쓸어 올렸다.

감춰져 있던 오른쪽 눈이 훤히 드러났다. 그 눈동자에는 하 5(下伍)라는 글자가 있었다.

"십이귀월인 날… 이길 수 있다면 말이야."

십이귀월. 도깨비의 수장, 키부츠지 무잔의 직속 부하라는 12명의 도깨비들. 가장 강한 도깨비들이다.

그들은 강한 순서에 따라 상현1부터 6, 하현1부터 6으로 순서가 정해져 있다고 한다.

루이의 눈에 새겨진 '하5'는 '하현5'임을 나타냈다.

루이는 마치 말귀를 못 알아듣는 어린아이를 보는 듯한 눈으로 탄지로를 내려다봤다.

"난 말이야, 제 역할을 이해하지 못하는 녀석은 살 필요도 없다고 생각해. 아비에겐 아비의 역할이 있고, 어미에겐 어미의 역할이 있어. 부모는 자식을 지키고, 형이나 누나는 아래 동생들을 지켜야 하지. 무슨 일이 있어도. 목숨 걸고. 그게 가족의 인연이자 역할이야."

그러고는 어깨를 으쓱였다.

"넌 어때? 네 역할은 뭘까? 넌 나한테 누이동생을 넘겨주고 사라지는 억할이야. 그럴 수 없다면 죽는 수밖에 없지. 어차피 못 이기니까."

탄지로는 루이가 이야기하는 동안 필사적으로 머리를 굴렸다. 기척을 살피면서 냄새를 맡으려고 했다.

'저 실은 쉽게 벨 수 없어…. 어떡하지…? 부러진 칼로. 저 아이의 목이 실보다 더 단단할 경우….'

"…불쾌한 눈초리구나. 이글이글 타오르는 게."

루이는 불쾌하다는 듯이 투덜거렸다.

"어리석기는. 혹시 날 이겨보려는 거냐?!"

루이가 오른손을 들어올렸다. 그 순간, 뒤쪽에 눕혀 놨던 네즈코의 몸이 공중에 떠올랐다.

"네즈코!!"

네즈코!!

자,
이미 빼앗았다.

이제
자신의 역할을
자각하셨나?

루이의 실이 낚아챈 것이다. 눈 깜짝할 사이에 네즈코의 몸은 루이의 수중에 떨어졌다.

"자, 이미 빼앗았다. 이제 자신의 역할을 자각하셨나?"

저항하는 네즈코의 손톱이 루이의 얼굴을 할퀴었다. 루이가 일순 주춤한 사이 탄지로가 달려들었다.

"놔줘!!"

"거역하지만 않으면 목숨은 살려 주겠다고 했건만."

루이의 손에서 또다시 실이 뻗어 나왔다. 뒤쪽으로 손을 짚고 뛰어서 간발의 차로 피한 탄지로는 착지하는 동시에 숨을 삼켰다.

'?! 네즈코가 없잖아?!'

루이에게 붙잡혀 있던 네즈코의 모습이 보이지 않았다. 하지만 그때, 머리 위에서 피가 뚝뚝 떨어졌다.

"네… 네즈코!!"

네즈코가 거미줄에 묶여서 아득히 높은 허공에 거꾸로 매달려 있었다. 온몸에 얽힌 실이 살에 파고들어서 피가 줄줄 흘렀다.

"시끄러. 이 정도론 안 죽어. 도깨비니까."

루이는 네즈코의 손톱에 갈기갈기 찢긴 얼굴로 말했다. 그러나 그 상처도 금세 아물어 사라졌다.

"그래도 역시 제대로 가르치지 않으면 안 되겠어. 한동안은 실혈하게 놔둬야지. 그러고도 순종적으로 굴지 않으면 해 뜰 때까지 이대로 놔둬서 살짝 그을려 주고."

얼마간 버둥거리던 네즈코였으나, 갑자기 움직임이 멎었다. 의식을 잃었거나, 아니면.

"잠든 거야? 독특한 기운을 가진 도깨비로군. 우리와는 뭔가 다른 것 같아…."

루이는 흥미로운 듯 중얼거렸다. 탄지로는 머리로 피가 확 몰리는 것을 필사적으로 억눌렀다.

'진정하자…. 감정적으로 굴지 말자.'

집중하자. 호흡을 가다듬어서 정밀도가 가장 높은 마지막 형태를 펼쳐라.

몸을 비틀어서 부러진 칼을 크게 휘둘렀다.

"전집중 물의 호흡 제10형, 생생유전(生生流轉)!"

물의 호흡의 형태 중 최대의 연격 기술. 춤추듯이 회전을 반복하면서 주위의 적들을 베어 넘긴다.

회전하면서 넘실거리는 용처럼 첫 번째 공격보다는 두 번째가, 두 번째 공격보다는 세 번째가, 세 번째 공격보다는 네 번

※ 생생유전
(生生流轉).

＊만물이 끊임없이 변화된다는 뜻

째가, 회전을 더해 갈수록 강한 참격으로 변해 간다.

'벴다!!'

휘감겨드는 실들을 마침내 잘라 낸 탄지로는 기세가 올랐다.

'이대로 거리를 좁혀 가면 이길 수 있어!!'

회전을 더하면서 루이의 간격으로 파고든 탄지로의 눈앞에서, 루이가 어이없다는 말투로 말했다.

"이봐. 혹시 실의 강도가 이게 한계라고 생각해?"

검붉은 루이의 손가락 끝에서 피로 강화된 실이 무수히 뻗어 나왔다. 그것은 거미집 형태의 감옥으로 변해서 눈 깜짝할 사이에 탄지로를 포위했다.

"혈귀술 각사뢰(刻糸牢)."

보자마자 이해했다. 조금 전의 실과는 전혀 다른 냄새.

이 실은 자를 수 없다. 회전이 부족하다.

"이제 됐어, 넌. 잘 가."

루이는 귀찮다는 듯이 내뱉었다.

절대로 지면 안 되는데, 죽는다. 진다.

이 실에 닿으면, 탄지로의 몸은 산산조각 날 것이다.

실은 코앞까지 다가왔고, 곧이어 덮쳐 왔다.

114

그것이 이 목숨의 끝.

죽음 직전에 사람이 주마등을 보는 이유는, 일설에 의하면
이제껏 겪어 온 경험과 기억 가운데서 닥쳐오는 '죽음'을 회피
할 방법을 찾는 것이라고 한다.

탄지로의 눈앞에 이제는 없는 가족과의 일상이 떠올랐다.

빨래를 널면서 웃는 엄마. 마당에서 노는 동생들.

장난감 북을 흔드는 어린 네즈코. 그 앞에서 방울이 달린 나
뭇가지를 휘두르며 춤추는 자신.

그리고, 그 모습을 툇마루에서 미소 지으며 바라보고 있는,
바짝 야윈 아빠….

'탄지로. 호흡이다. 숨을 가다듬고, 완벽하게 히노카미 님이
되는 거야.'

그렇다. 이것은 아빠의 카구라*를 배웠을 때의 기억….

※카구라 : 제사의식.

아빠.

완벽하게
히노카미
님이
되는 거야.

탄지로.
호흡이다.
숨을
가다듬고,

"탄지로, 저기 보렴. 아빠의 카구라야."

탄지로는 엄마와 함께 눈 내리는 산속에 서 있었다.

아직 어린아이였던 시절의 기억. 숯을 굽는 오두막 뒤쪽 광장에 화톳불을 여러 개 피워 놓고, 그 한가운데에서 아빠가 춤을 추는 중이었다.

'우리 집은 불과 관련된 일을 하기 때문에 다치거나 재앙이 일어나지 않게 연초에 '히노카미 님'께 춤을 바치며 기도해야 된단다.'

카구라를 출 때만 입는 불꽃을 수놓은 기모노. 얼굴은 '炎(염)'이라고 적힌 흰 천으로 가리고, 오른손에는 가지들이 갈라져 나온 나무 같은 형태의 특이한 검을 쥐고 있었다.

그 검을 겨눴다가 번쩍 올리고, 회전도 시키면서 아빠는 계속 춤을 췄다. 아빠가 밟는 곳만 수북이 쌓였던 눈이 다 녹아서, 검은 흙이 원형으로 드러났다.

붉은 기모노와 검에 달아 놓은 천 조각이 아빠의 움직임에 맞춰 펄럭펄럭 나부끼는 모습은 마치 진짜 불꽃처럼 보였다.

'아빠 몸도 약한데 어떻게 눈 속에서 저렇게 오랫동안 춤출 수 있어? 난 폐가 꽁꽁 얼어붙을 것 같은데.'

오들오들 떨면서 엄마에게 던진 질문의 대답은 의식이 모두 끝난 뒤에 다시 앓아눕게 된 아빠가 대신 해 줬다.

'숨 쉬는 방법이 있거든. 아무리 움직여도 지치지 않게 숨 쉬는 방법이.'

이부자리에서 몸을 일으키고 앉아, 깡마른 손으로 탄지로의 머리를 쓰다듬으면서 아빠는 말했다.

'올바른 호흡을 할 수 있게 되면 탄지로도 계속 춤출 수 있어. 추위에도 아무렇지 않게 되고.'

돌이켜보면 그때 아빠는 이미 살날이 얼마 남지 않았음을 알고 있었는지도 모른다.

'탄지로. 이 카구라와 귀고리만은 반드시 대가 끊이지 않게 계승해 다오. 꼭 지켜야 할 약속이란다.'

누구와 언제 나눈 약속이었을까. 아빠는 그걸 탄지로에게 말해 주지 않은 채 숨을 거뒀다.

하지만 히노카미 카구라의 호흡법과 모든 형태는 탄지로의 몸이 다 기억하고 있다.

아빠가 돌아가신 후, 다음 설이 오기 전에 가족은 도깨비 키부츠지 무잔에게 몰살당했다.

만약 그런 일이 일어나지 않았다면, 지금은 설마다 탄지로가 그 춤을 췄을 테니까….

이젠 아무것도 생각하지 않았다.

그저 무아지경이었다.

정신이 들고 보니 탄지로는 아빠에게서 배운 그 카구라의 호흡법을 쓰고 있었다.

팔이, 다리가 멋대로 움직였다. 그때, 아빠가 추던 형태 그대로.

"히노카미 카구라! 원무!"

일륜도의 궤적이 불처럼 타올랐다.

열을 발하는 그 도신이 루이의 실을 끊어 버렸다.

잽싸게 물러선 루이가 재차 실을 자아냈다. 살아 있는 것처럼 움직이는 실이 탄지로의 뺨을, 머리카락을, 두루마기를 벴다.

그러나 더는 물러설 수 없었다. 멈춰 설 수 없었다. 지금 멈추면, 물의 호흡에서 히노카미 카구라의 호흡으로 억지로 전환한 반동이 몰려온다. 그렇게 되면 한동안 움직이지 못하게 되고 만다.

'보인다!! 이제껏 보이지 않았던 허점의 실!!'

팔만이라면 목까지 닿을 것이다.

설령 몸이 산산조각 난다 해도, 팔만이라면.

'미안해… 아빠.'

약속을 지키지 못할지도 모른다. 그렇지만.

'지금 해야만 해. 네즈코를 지켜야 해!! 설령 공멸하는 한이 있어도!!'

탄지로는 부러져서 짧아진 도신으로 루이의 목을 깊이 베었다.

네즈코는 공중에 매달린 채로 기절해 있었다.

여기저기 다친 몸을 회복시키기 위한 깊은 잠에 빠진 것이다.

'네즈코… 네즈코'

그리운 엄마의 목소리가 들려왔다. 부드러운 손이 뺨을 어루만지는 느낌이 들었다.

'네즈코, 일어나렴. 지금의 네즈코라면 할 수 있어… 힘내.'

엄마는 울고 있었다.

'네즈코… 이러다 네 오빠까지 죽어….'

깜짝 놀라 눈을 떴다.

단숨에 상황을 이해했다. 거꾸로 매달린 자신. 머리 바로 밑에는 오빠와 그 거미 도깨비.

오빠 주위로 무수히 둘러쳐진 실들. 그야말로 지금 오빠가 도깨비의 목에 도신을 박아 넣으려 분투 중이었다.

네즈코는 허공에 뻗은 손에 혼신의 힘을 담았다.

'혈귀술! 폭혈(爆血)!!'

알고 있었다. 뭘 하면 좋은지. 도깨비의 본능과도 같은 것이 알리고 있었다.

지금의 자신에게는 가능하다. 오빠를 구할 수 있다.

팔과 온몸에 휘감긴 무수한 실은 네즈코의 피를 흡수 중이었다. 실을 따라서 온갖 장소에 네즈코의 피가 퍼져 있었다.

그 모든 피에 네즈코는 힘을 주입했다.

순식간에 실이 불타올랐다. 네즈코의 피를 빨아들인 모든 실들이.

실이 불타서 끊어졌다. 그리고.

탄지로를 감싸다 사방에 튀었던 네즈코의 피는 그의 칼에도 묻어 있었고, 그대로 폭발했다.

피의 폭발을 추진력 삼아 일륜도가 가속했다. 작열하는 칼날이 되어서.

"나와 네즈코의 인연은 그 누구도 갈라 놓을 수 없어!!"

탄지로가 큰 소리로 외쳤다.

남매 두 사람의 기도를 머금은 불꽃의 고리가 루이의 목을 힘차게 잘라 냈다.

'실수했다. 실수했다! 나만은 이제껏 실수한 적이 없었는데.'

아직 잘 붙지 않는 목을 꾹꾹 누르면서, 누나 도깨비는 숲속을 달렸다.

'이 가족 놀이를…!!'

그렇다. 이 산에 사는 거미 도깨비 가족들은 모두 어중이떠중이다. 핏줄 따윈 연결되어 있지 않았다.

루이 외에는 다들 약한 도깨비였기에 도깨비 사냥꾼이 무서웠다. 동료가 필요했다.

능력은 전부 루이의 것. 그걸 나눠 받았다. 루이는 **그분**이 아끼는 아이라 그런 일도 용납되었다.

여기에 오면, 우선 가장 먼저 얼굴을 바꿔야 했다. 루이와 비슷하게 보이려고 예전 얼굴을 버렸다. 그의 요구나 명령에 따르지 않는 자는 갈기갈기 찢기거나 지능을 빼앗기거나 대롱 대롱 매달려 햇볕을 쪼였다.

엄마 역할의 여자는 어린 도깨비였다.

초반에는 아직 인간이던 시절의 기억이 남아 있어 자주 울었다. 당연히 엄마 노릇도 서툴렀다. 얼굴이나 몸을 변형시키는 것도 잘 못 해서 매일 질책당했다.

힘은 세지만 머리는 나쁜 아빠 역할의 도깨비는 루이의 말이면 무조건 따라서, 자주 엄마 역할의 도깨비를 때렸다.

'난, 나만 괜찮으면 족해. 그 녀석들은 바보지만 난 달라.'

누구보다도 능숙하게 '누나'를, '가족'을 연기한다고 자부했다.

그런데도 실수했다.

'코앞까지 쳐들어온 도깨비 사냥꾼들에게 '엄마'가 당하고, 아마 '오빠'도 당했을 거라 난 불안했어. 그래서 루이에게 호소하러 갔지. 도망치는 게 좋지 않겠느냐고.'

하지만 루이는 전혀 신경 쓰지 않는 눈치였다.

'나는 초조한 나머지 바꾼 얼굴을 유지할 수 없어졌다. 원래 얼굴로 돌아가 버렸어.'

그리고 그때, 루이에게 얼굴을 갈기갈기 베였다.

'그래도 얼굴을 베인 정도로 끝난 건 그나마 다행인지도 몰라.'

루이는 얼굴이 원래대로 돌아오는 걸 제일 싫어한다.

그리고 도망치자는 소리를 꺼낸 것도 잘못이었다.

루이는 '지킨다'라느니, 그런 시시한 말들을 좋아한다. 누나니까, 사실은 그때 루이를 지켜 주겠다는 말을 했어야 했다….

이번에야말로 실수하지 않도록 조심해야 한다.

루이가 시킨 대로 산속을 헤집고 다니는 도깨비 사냥꾼들을 한 마리라도 더 많이 죽여야 한다.

누나 도깨비는 산속을 질주했다. 겨우 달라붙은 머리에서 손을 뗐다.

찾았다. 도깨비 사냥꾼. 익숙한 검은색 대원복.

누나 도깨비는 수풀에서 뛰어나왔다. 젊은 도깨비 사냥꾼 남자가 깜짝 놀라 뒤를 돌아봤다.

"용해의 고치!!"

양손에서 실을 뿜어내 남자를 에워쌌다. 눈 깜짝할 사이에.

도깨비 사냥꾼이 안에서 발버둥을 치며 칼로 고치를 잘라내려 했다.

"소용없어. 잘리지 않아."

누나 도깨비는 웃었다.

"내 실타래는 부드럽지만 단단하거든. 우선 용해액이 그 거치적거리는 옷을 녹일 거야. 그다음은 네 차례지. 곧 흐물흐물해져서 내 밥이 될 거야."

우쭐해져서 조롱하는 누나 도깨비의 귓가에 누군가가 살며시 말을 걸었다.

"와아. 대단하네요. 손바닥에서 실을 꺼내고 있는 건가요?"

화들짝 놀라서 돌아섰다. 마치 자신의 등에 기대듯이 처음 보는 여자가 서 있었다.

열일곱에서 열여덟 정도로 보이는 아담한 체구의 여자였다. 귀살대 대원복. 나비 모양 머리 장식. 두루마기에도 나비 날개를 본뜬 무늬가 그려져 있었다.

"안녕하세요. 오늘은 달이 참 예쁘네요."

여자는 미소 지었다.

누나 도깨비는 펄쩍 뛰어 거리를 두면서 실을 내뿜었다. 그러나, 그녀는 흡사 나비가 살랑살랑 춤을 추듯이 실들 아래를

빠져나가고 뛰어넘으면서 피했다.

"나랑 사이좋게 지내 볼 생각은 없나 보군요."

여자는 순식간에 누나 도깨비의 눈앞에 내려앉았다.

땀 한 방울 흘리지 않았다. 엷은 미소까지 띠고 있었지만 그녀의 눈은 웃지 않았다.

등골이 싸늘해지면서 몸이 움츠러들었다.

'이 여자, 강하다! 이제까지 만난 도깨비 사냥꾼과는 차원이 달라….'

숨 막히는 압박감. 루이에게서 느껴지는 것과는 다르지만, 이것은, 이 감각은.

''죽음'이… 바로 옆에 와 있는 느낌.'

"자… 잠깐만!! 잠깐만 기다려 줘, 제발!!"

누나 도깨비는 필사적으로 애원했다.

"난 강제로 복종하고 있는 거야!! 살려 줘!! 거역했다간 몸에 휘감겨 있는 실에 몸이 조각조각 나 버려!!"

여자는 "어머나."라고 놀라면서 미간을 찌푸렸다.

"그러세요? 그건 가슴 아픈 일이네요. 가엾게도."

칼자루에 대고 있던 손을 떼면서 상냥하게 말했다.

"구해 드릴게요. 사이좋게 지냅시다. 협력해 주세요."

"?! 사, 살려 주는 거야?"

"네. 하지만, 사이좋게 지내려면 몇 가지 물어볼 게 있어요."

여자 검객은 생글생글 웃으면서 말을 이었다.

"귀여운 아가씨. 당신은 몇 명이나 죽였나요?"

미소 안쪽으로 싸늘한 가시가 느껴지는 질문.

"…5명. 하지만 명령이라 어쩔 수 없었어."

누나 도깨비는 울면서 대답했다. 그러나, 여자 검객은 그녀를 안심시키려는 듯 또다시 미소를 지어 보였다.

"거짓말 안 해도 돼요. 다 알고 있으니까. 아까 우리 대원을 고치로 만든 주술 솜씨는 훌륭하더군요. 80명은 잡아먹은 거죠?"

"…그렇게 많이 먹진 않았어."

"난 서쪽에서 왔어요. 아가씨, 서쪽이요."

여자는 숲 건너편을 가리키면서 말했다.

"…죽인 건 5명이야."

"산 서쪽에 대량의 고치들이 매달려 있는 걸 보고 왔죠. 그 안에 사로잡힌 사람들은 액상으로 녹아 전멸. 그 장소만 해도 동그란 고치들이 14개 있었어요. 14명 죽은 거죠."

여자는 끝까지 미소를 잃지 않았다.

"난 화내고 있는 게 아니에요. 확인하고 있는 것뿐이죠, 정확한 숫자를."

"…확인해서 뭘 어쩌려고?"

여자는 양손으로 못 쓰는 종이를 꾹꾹 뭉치는 시늉을 했다.

"아가씨는 올바른 벌을 받고 다시 태어나는 거예요."

"벌?"

"사람 목숨을 빼앗아 놓고 아무 벌도 안 받는다면 죽은 사람이 얼마나 억울하겠어요."

검지를 세우고 까딱이면서 "안 돼, 안 돼."라고 중얼거렸다.

"사람을 죽인 몫만큼 내가 아가씨를 고문할게요. 눈알을 후벼 파거나 배를 갈라 내장을 끄집어내는 등…."

여자는 왠지 신난 것처럼 들리기까지 하는 목소리로 말했다.

"그 고통, 괴로움을 끝까지 견뎌 냈을 때, 당신의 죄는 용서받을 거예요. 우리 함께 노력해 봐요. 걱정 마세요. 어차피 아가씨는 도깨비라 죽지 않을 거고, 후유증도 남지 않을 테니까!"

"농담하지 마!!"

누나 도깨비는 황급히 여자에게서 떨어졌다. 그리고 곧바로 양손에서 대량의 실을 자아냈다.

"죽어라, 이 망할 계집!!"

그러나 여자는 아주 손쉽게 그 공격을 피해 버렸다.

"벌레의 호흡, 나비의 춤. 장난."

누나 도깨비의 몸 여기저기에 나비가 내려앉은 것 같은 미세한 감촉이 느껴졌다. 그리고 다음 순간, 그 부위에서 피가 일제히 뿜어져 나왔다.

"사이좋게 지내긴 무리일 것 같네요. 안타깝다, 안타까워."

멀리 떨어진 곳에 사뿐히 착지한 여자를 누나 도깨비는 믿기지 않는다는 눈으로 쳐다봤다.

아무것도 보이지 않았다. 아무것도.

'하지만 목은 베이지 않았다. 그런가, 몸이 작고 완력이 없어서 목을 베지 못한 거야.'

도깨비는 이 정도라면 이길 수 있다며 의기양양한 미소를 지었다.

하지만 그 순간 눈앞이 캄캄해졌다.

"⋯⋯?!"

심장이 두근거리고 온몸에 격통이 일었다. 방금 전에 찔린 몸 이곳저곳의 상처는 아물 생각을 하질 않았고, 오히려 점점 벌어지면서 피부가 녹아내렸다.

"어째⋯서⋯?"

누나 도깨비는 영문을 모른 채로 땅바닥에 쓰러졌다. 이제는 움직일 수조차 없었다.

"목을 베이지 않았다고 안심하면 안 되죠. 나처럼 독을 사용하는 검객도 있으니까."

여자는 손에 든 칼을 가볍게 휘둘러서 얼굴 앞에 갖다 댔다.

그 칼은 기묘한 형태를 띠고 있었다. 끄트머리와 칼자루 부분의 세 치* 정도만을 남기고 가운데의 칼날을 도려 낸 것 같은 모양새였다. 찌르는 건 가능해도 베지는 못할 칼.

"귀살대 충주(蟲柱) 코쵸우 시노부. 난 주들 가운데서 유일하게 도깨비의 목을 벨 수 없는 검객이지만, 도깨비를 죽일 수 있는 독을 만든, 조금 대단한 사람이거든요."

시노부는 자랑스럽게 후후 웃고 나서 누나 도깨비를 내려다봤다.

"아아, 죄송해요. 이미 죽어서 안 들리겠구나?"

깜박했다며 자신의 머리를 콩 쥐어박은 다음, 시노부는 조금 전 고치 속에 갇힌 검객을 구하기 위해 걸음을 내디뎠다.

※세 치 : 약 9cm.

'이겼다…. 이겼어…. 아빠가… 도와줬어….'

땅바닥에서 몸을 일으키지도 못한 채로 탄지로는 주변을 둘러보려 했다.

'시야가 점점 좁아진다…. 눈이 잘 안 보여…. 호흡을… 너무 남발한 탓인가?'

집안에 대대로 전해 내려오는 카구라로 어떻게 기술을 끄집어낼 수 있었는지는 잘 모르겠다. 하지만 그 덕분에 살았다.

이명이 심하고 온몸에 격통이 퍼졌다. 하지만.

'빨리 회복해야 되는데…. 난 아직 더 싸워야 하는데.'

이노스케를 구하러 가야 한다. 약속했으니까.

'네즈코, 어디 있어…? 네즈코.'

흐릿해지는 시야 가장자리로 저 멀리에 쓰러져 있는 네즈코가 보였다. 탄지로는 필사적으로 기어서 동생에게 다가가려 했다.

그런데 그때.

오싹… 하고 소름이 돋았다. 뭔가가 뒤쪽에서 움직이는 기척.

피 냄새가 진해졌다.

'설마 안 죽었나? 목을 베었는데도…? 도깨비가 사라질 때 나는 재 같은 냄새가 나지 않아….'

이제는 뒤돌아볼 힘도 남아 있지 않았다. 하지만 보지 않아도 알 수 있었다.

틀림없이 뒤쪽에 널브러져 있던 도깨비의 몸이 일어나서 이쪽을 향해 걸어오는 중이었다.

"날 이긴 줄 알았나?"

그 도깨비의 목소리가 들렸다.

"가엾게도, 그런 딱한 망상을 하며 행복했던 거야?"

시야 끝에서 도깨비의 머리가 공중으로 떠오르는 게 보였다. 슈룩슈룩 움직이는 실에 매달려서 몸통으로 돌아갔다.

"난 내 실로 목을 자른 거야. 너한테 목을 베이기 전에 먼저."

도깨비는 태양의 기운을 담은 특수한 칼 일륜도로 목을 베어야만 죽일 수 있다. 도깨비가 제 손으로 베었다면 이야기가 달라지는 것이다.

"이제 됐어. 너도, 네 누이동생도 죽여 주마. 이렇게 화가 난 건 오랜만이야."

몸이 천근만근처럼 무거웠다. 일어날 수가 없었다.

그저 바닥에 배를 깔고 엉금엉금 기면서, 탄지로는 신음했다.

'일어서!! 빨리 일어서!! 호흡을 가다듬어. 서둘러, 빨리!!'

"불쾌하다. 정말 불쾌해. 예전에도 이와 맞먹을 정도로 화가
났었는데, 아주 오래 전이었어. 기억도 안 날 만큼."

목을 이어붙이면서 루이는 이를 뿌득뿌득 갈았다.

"애당초 넌 왜 불타지 않은 거지? 나랑 내 실만 불타고. 네
누이동생의 힘인지 뭔지는 모르겠다만, 사람 짜증 나게 해 줘
서 참 고맙다. 이제 아무런 미련도 없이 너희를 도륙 낼 수 있
게 됐어."

'힘이 들어가지 않는 건 미숙하다는 증거야. 올바른 호흡이
라면 아무리 피폐해져 있어도 상관없다. 서둘러, 서둘러!!'

틀렸다. 팔이 올라가지 않는다. 부러진 칼을 집어 들기는커
녕 칼자루를 쥐고 있는 게 고작이었다.

"혈귀술 살목롱(殺目篭)."

루이의 손가락이 섬세하게 움직이고, 거기서 짜여 나온 실
이 커다란 바구니로 변해서 탄지로를 안에 가뒀다.

'당황하지 마! 호흡이 헝클어지면 안 돼! 진정하자!! 진정하
자!!'

그러나 소용없었다. 역시 움직이지 못하겠다. 바구니는 크

기가 점점 줄어들었다. 이 실에 닿으면, 그물망 모양대로 조각이 나서 끝이다….

'……!!'

그때.

바구니가 순식간에 갈기갈기 찢겨 나갔다. 잘게 잘린 실들이 뿔뿔이 흩어졌다.

흐릿해지는 시야에 갑자기 뛰어든 사람의 그림자가 비쳤다.

'누군가 왔다…. 누구지…? 젠이츠인가?'

눈을 가늘게 떠 봤지만, 역시 잘 보이지 않았다.

"내가 올 때까지 잘 버텼다. 뒷일은 내게 맡겨."

그 목소리. 탄지로는 눈을 동그랗게 떴다.

전에 본 적 있는 두루마기가 달빛을 받으며 나부꼈다.

오른쪽 절반은 거무스름한 적갈색, 왼쪽 절반은 노란색과 녹색의 귀갑 문양인 두 종류의 천을 합친 두루마기.

'토미오카 씨…!'

2년 전, 자신과 네즈코를 구해 준 검객 토미오카 기유.

"꼬리에 꼬릴 물고!! 날 방해만 하는 쓰레기들!"

루이는 이를 뿌드득 갈면서 핏빛으로 물든 손가락 끝에서 실을 자아냈다.

"혈귀술 각사윤전(刻糸輪転)!"

새빨간 실이 무수히 얽히고설켜서 우리 모양으로 변해 기유를 덮쳤다.

"전집중 물의 호흡, 제11형. 잔잔한 물결."

기유는 미동조차 하지 않았다. 그러나 그를 향해 날아간 루이의 실은 모두 맥없이 힘을 잃어서 한 줄도 기유의 몸에 닿지 않았다.

'최고 강도의 실이… 잘린 거야?'

루이는 무슨 일이 벌어진 것인지 이해가 되지 않아서 그 자리에 얼어붙었다. 눈 깜짝할 사이에 기유는 소리도 없이 루이 옆에 다가와서는, 스쳐 지나가는 순간에 검을 휘둘렀다.

루이의 목이 다시 땅에 떨어졌다.

'잔잔한 물결'이란 무풍 상태의 바다. 기유의 간격에 들어간 주술은 전부 잔잔해지고, 무(無)로 변한다.

탄지로도 지도한 우로코다키의 물의 호흡 기술은 10까지, 제11형은 기유가 만들어 낸 기유만의 기술이다.

'제기랄, 제기랄…. 죽일 거야, 죽일 거야!'

이번에는 목을 다시 이어붙이지 못한다. 일륜도로 베인 목은 이제 영영 되돌릴 수 없다.

땅바닥에 떨어진 루이의 머리는 이를 갈았다. 적어도 저 남매만은 기필코 죽인다!!

"?!"

그런 그의 눈에 들어온 광경은, 마침내 네즈코 곁까지 기어간 탄지로가 동생을 보호하듯이 감싸고 있는 모습이었다.

그것을 본 순간, 불현듯 루이의 귓가에 누군가의 물음이 다시 들려왔다.

'루이는 뭘 하고 싶은 거야?'

그것은 언제였는지는 몰라도 분명, 엄마 역할을 맡긴 어린 도깨비가 울면서 꺼낸 질문.

그때 루이는 대답할 수 없었다. 왜 이렇게나 '가족'에 집착하는지, 그 자신도 알지 못했다. 인간 시절의 기억이 없었기 때문에.

'그래… 난.'

진짜 가족의 인연을 접하면 기억이 돌아올 줄 알았다.

자신이 원하는 게 뭔지 알게 될 거라고 생각했다.

'난… 인간이던 시절의 나는.'

몸이 약한 아이였다. 선천적으로.

뛰어 본 적이 없었다. 걷는 것조차도 힘겨웠다. 내내 집 안에서 누워 있기만 했다.

'무잔 님이 나타나시기 전까진.'

'가엾게도, 내가 구원해 주마.'

그리하여 루이는 키부츠지의 피를 받아 도깨비가 되었다. 강한 몸을 손에 넣었다.

그렇지만 부모님은 기뻐하지 않았다. 도깨비로 변한 루이는 햇볕도 쬐지 못하고, 사람을 잡아먹어야 했기 때문에.

루이가 처음으로 사람을 잡아먹은 날, 아빠는 루이를 죽이려 했다.

엄마는 울기만 할 뿐, 죽게 생긴 자신을 감싸 주려고도 하지 않았다.

'옛날에 멋진 이야기를 들었어. 강에 빠진 자기 자식을 구하기 위해 죽은 부모가 있다고 해.'

이 얼마나 대단한 부모의 사랑, 그리고 인연이란 말인가.

강에서 죽은 그 부모는 훌륭하게 '부모의 역할'을 다한 것이다.

그런데 내 부모는 왜 날 죽이려 하는 것일까?

분명 가짜였던 거겠지. 이 가족의 인연은 진짜가 아니었다…
그렇게 생각했다.

아빠를 죽이고, 엄마를 죽였다. 달이 아름다운 밤이었다.

그런데도 고통 속에 죽어 가던 엄마가 마지막으로 자신에게
건넨 말은.

'튼튼한 몸으로 낳아 주지 못해서 미안하다….'

자신을 향해 식칼을 휘두르려고 했던 아빠도, 울면서 이렇
게 외쳤다.

'걱정 마라, 루이. 같이 죽어 줄 테니까.'

죽게 될 지도 모른다는 분노로 그때는 미처 이해하지 못한
말이었지만, 아빠는 루이가 사람을 죽인 죄를 함께 짊어지고
죽으려 했다는 걸, 그 순간 갑자기 깨달았다.

그러나, 이미 늦었다. 아빠도 엄마도 죽었다. 자신이 죽였다.

'진짜 인연을 난 그날 밤, 내 손으로 직접 끊어 버린 것이다.'

'이 모든 건 널 받아들이지 못한 부모가 잘못한 거야. 자신
의 힘을 자랑스럽게 여겨라.'

'무잔 님은 그런 말씀으로 날 격려해 주셨어….'

실제로 그렇게 생각하는 것 외엔 다른 도리가 없었다.

설령 내가 잘못했다는 것을 알면서도, 아니, 알았기에 더욱,

자신이 저질러 버린 짓을 견딜 수가 없어서.

매일매일 엄마와 아빠가 그리워 견딜 수 없었다.

거짓된 가족을 만들어도 허무함은 멈추지 않았다.

결국은 자신이 제일 강해서 그 누구도 지켜 주거나 감싸 주지 못했다.

강해지면 강해질수록 인간 시절의 기억도 사라져서, 자신이 뭘 하고 싶은 건지 알 수 없게 되었다.

'난 뭘 하고 싶었던 걸까?'

아무리 노력해도 더 이상 손에 넣을 수 없는 인연을 찾아 필사적으로 손을 뻗어 봤자 닿지도 않는데….

루이의 몸만이 마지막 힘을 쥐어짜서 일어나더니 탄지로와 네즈코에게로 비틀비틀 다가갔다.

그곳에 있는 것은 줄곧 가지고 싶었던 진짜 인연. 진짜 가족.

루이가 줄곧 동경해 마지않는 것이었다.

포개져 쓰러져 있는 남매의 앞까지 갔지만, 역시 손은 닿지 않았다.

루이의 몸은 결국 털썩 쓰러졌다.

힘겹게 뻗은 손이 재로 변해 허물어져 갔다.

탄지로가 고개를 들어 그 모습을 애처롭게 바라봤다.

'이 작은 몸에서 차마 다 끌어안을 수 없을 만큼 거대한 슬픔의 냄새가 나….'

이렇게 보니, 루이의 몸은 정말로 어린아이의 몸이었다. 단지 무서운 힘을 손에 넣었을 뿐인, 가엾은 아이.

탄지로는 그 자그마한 등에 살며시 손을 올렸다.

그 손의 온기는 이미 죽어 가는 중인 루이에게도 느껴졌다.

따뜻하다. 햇살처럼 따뜻한 손.

루이는 떠올렸다. 또렷하게.

'난 사죄하고 싶었던 거야. 엄마 아빠에게.'

미안해. 전부, 전부 다 내가 잘못했어. 제발 용서해 줘.

'하지만 산더미처럼 사람을 죽인 나는… 지옥으로 가겠지…. 엄마 아빠랑… 같은 곳으론… 못 가겠지….'

얼굴도 몸도 끝내 재로 변해 바람에 날려 흩어졌다.

캄캄해졌던 시야가 이윽고 새하얘졌다.

어디선가 상냥한 목소리가 들렸다.

'같이 갈 거야. 지옥이라도.'

미안해.

전부 다 내가
잘못했어.

미안해
···!

미안해,
미안해···.

그리운 사람의 얼굴이 보였다. 줄곧 잊고 지냈던 다정한 미소였다.

'엄마랑 아빠는 우리 루이랑 같은 곳에 갈 거야.'

등을 어루만져 주는 손은 아빠의 손이었다.

아아 아빠. 엄마. 보고 싶었어.

'전부 다 내가 잘못했어. 미안해.'

자그마한 인간 아이로 돌아간 루이는 울었다.

엄마 품에 뛰어들었다. 아빠의 팔이 루이를 꼭 껴안았다.

'미안해, 미안해…. 미안해…!'

일가족은 서로를 끌어안으면서 소용돌이치는 지옥의 업화 속으로 사라져 갔다.

루이의 몸은 마침내 재가 되어 사르륵 흩날렸다.

그가 입고 있던 거미집 무늬 기모노만이 탄지로의 손에 남겨졌다.

그리로 걸어온 기유가 그 기모노를 짓밟으면서 탄지로를 내려다봤다.

"사람을 잡아먹은 도깨비를 동정하지 마라. 설령 어린애의 모습을 하고 있어도 상관없어. 수십 년, 수백 년은 살아온 추한 괴물들이야."

탄지로는 고개를 들고 힘겨운 숨을 내뱉으며 응수했다.

"죽은 사람들의 통한을 풀어 주기 위해, 더 이상 피해자를 내놓지 않기 위해… 당연히 가차 없이 도깨비의 목에 칼을 휘두를 겁니다. 하지만 도깨비라는 정체성에 괴로워하고, 자신의 행동을 후회하는 이를 짓밟진 않을 거예요."

자신들을 구해 준 기유에게 이런 말을 하고 싶지는 않았다. 하지만 이것은 양보할 수 없는 탄지로의 굳은 심지였다.

"도깨비는 원래 인간이었으니까. 나랑 똑같은 인간이었으니까."

발을 치워 달라고 하면서 탄지로는 기유를 노려봤다.

"추한 괴물 따위가 아니에요. 도깨비는 허망한 생물, 슬픈 생물이죠."

기유는 깜짝 놀란 듯이 탄지로와 네즈코의 얼굴을 번갈아 쳐다봤다.

"넌…."

그러나 그가 뭔가를 말하려는 순간, 갑자기 방해꾼이 끼어

들었다.

　무시무시한 속도로 누군가가 뛰어든 것이다. 기유가 칼을 튕겨 내자, 그 사람은 몸을 가볍게 돌려서 지면에 착지했다.

"왜 방해하는 건가요? 토미오카 씨."

　그것은 나비 두루마기를 입은 여성 귀살대원 코쵸우 시노부였다.

제 **7** 화 귀살대 주합(柱合)재판

젠이츠가 정신을 차렸을 때 그의 몸은 지면에 내려져 있었고, 주변에는 검은 옷을 입은 수많은 사람들이 분주하게 돌아다녔다.

귀살대 대원복과 거의 비슷한 검은색 일색의 의상이지만, 등에 적힌 글자는 '은(隱)'. 얼굴도 복면으로 가려서 눈가만 보였다.

'그런가… 할아버지한테서 들은 적 있어… 분명, '사후 처리 부대 은'….'

그 이름대로 귀살대와 도깨비가 싸운 후에 뒷수습을 하는 부대. 부상자를 이송하거나, 싸움의 흔적을 일반인들이 알지 못하게 은폐하는 사람들이다.

'검객이 되지는 못했지만, 귀살대에 도움이 되고 싶어 하는 사람들의 직무라고….'

방금 전에 만난 나비의 화신 같은 여자는 꿈이 아니라 생시였고, 보아하니 귀살대원 같았다. 그녀는 젠이츠와 거미로 변하고 만 사람들을 신속하게 진료한 다음, 주사를 놓고 붕대로 둘둘 감아 놨다. 그리고 나중에 온 '은' 대원들에게 지시를 내리고는 어딘가로 가 버렸다.

지금 은 대원들을 지휘하는 건 아까 그 사람과는 또 다른 여성 검객이었다.

'이 아인… 최종 선별 때 있던 아이 아닌가?'

몇 개월 전에 치렀던, 귀살대에 입대하기 위한 최종 선별 후 지카사네산의 시련. 그때 합격한 5명 중 단 한 명뿐이던 여자아이.

'우릴 돌돌말이로 만든 여자랑 비슷한 머리장식.'

나이도 젠이츠나 탄지로 등과 비슷해 보이고, 같이 대원이 됐을 텐데. 당당하게 일처리를 하고 있었다. 그러고 보니 선별 때도 혼자서만 아무런 부상 없이 멀쩡했다.

은 대원 중 한 명이 완전히 거미로 변해 버린 사람을 보여 주면서 그 여자아이에게 물었다.

"이쪽도 나비 저택으로?"

"응. 부상자는 전부 우리 집으로."

나비 저택이란 게 뭐지? 우리 집이라고 하는 걸 보면, 저 아이의 집인가?

"이 근방에 있는 도깨비는 내가 사냥할 테니 안심하고 작업해."

여자아이는 그렇게 말하고 반대편으로 걸어갔다. 굉장한 자신감이었다. 역시 상당한 실력자인가 보다.

"이봐~ 저쪽에 이상한 놈이 매달려 있어. 멧돼지 가죽을 뒤집어쓴 녀석이."

은 대원들이 우르르 달려갔다.

'이노스케다…. 무사했나? 탄지로는 어떻게 됐으려나….'

안 되겠다. 더는 눈을 뜨고 있을 수가 없었다.

젠이츠는 그대로 다시 정신을 잃었다.

"도깨비하곤 사이좋게 지낼 수 없다고 말한 주제에, 왜 이러는 거죠? 그러니 다들 싫어하는 거예요."

시노부는 그 가느다란 검을 겨누면서 기유에게 말했다.

"자, 토미오카 씨. 비켜 주세요."

기유는 시노부를 빤히 바라보다가 천천히 입을 열었다.

"난 미움받고 있지 않아."

'어? 그쪽 문제야?'라고 탄지로는 아연실색했지만, 시노부 쪽도 허를 찔린 듯한 눈치였다.

"아아, 그쪽…? 죄송해요. 미움받고 있단 자각이 없으셨구나. 쓸데없는 소릴 해서 미안해요."

탄지로는 더욱더 단단히 얼어붙었다. 공기가… 공기가 무거웠다.

"아가."

시노부는 다시 입을 꾹 다문 기유를 내버려 두고 탄지로에게 상냥히 말을 걸었다.

"네엣!"

"지금 아가가 감싸고 있는 건 도깨비예요. 위험하니까 옆에서 떨어지세요."

"아… 아니에요! 아니, 아닌 건 아니지만… 저기, 누이동생이에요. 제 누이동생이라, 그래서."

"어머나, 그랬구나. 가엾게도."

시노부는 입가를 손으로 덮으면서 미간을 찌푸렸다.

그리고, 엷은 미소를 지으면서 칼을 들어 올렸다.

"그럼, 고통받지 않게 순한 독으로 죽여 줄게요."

그 일대에 서늘하고 팽팽한 긴장감이 감돌았다. 탄지로도
알 수 있었다. 시노부가 얼마나 무서운지를.

"움직일 수 있겠어?"

기유가 속삭였다.

"움직일 수 없어도 근성으로 움직여라. 누이동생을 데리고
도망쳐."

"!! 토미오카 씨…."

또 이 사람의 도움을 받는다. 이걸로 세 번째다. 하지만 지
금은 염치 같은 것을 따질 상황이 아니었다.

"죄송합니다! 감사해요!!"

탄지로는 네즈코를 품에 안고 달리기 시작했다. 몇 걸음 앞
에 방치된 나무 상자를 향해 부리나케 달려가서 간신히 주워
들었다.

"이건, 대율(隊律) 위반 아닌가?"

시노부가 기유를 질책하는 목소리가 뒤에서 들렸지만, 돌아볼 여유는 없었다.

'온몸이 아프다!! 괴로워!!'

아프다고 소리치고 싶다. 그래도 참자. 참아야 한다.

좌우간 달려. 다리를 움직여. 기유가 저 사람을 붙잡고 있어 주는 동안에.

'난 귀살대에서 빠져나와야 되는 건가?'

깊이 고민할 것도 없이 답은 이미 나와 있었다. 아무리 누이 동생이라 해도 도깨비를 데리고 다니는 검객 따윈 인정해 줄 리가 없다.

기유가 이해해 줬기에, 이노스케도 아무런 말이 없었기에, 모든 사람들에게 허락받았다는 착각에 빠져 있었다. 너무 안일한 생각이었다.

숲속을 달리고 또 달렸다. 숨이 차올랐다. 다리가 자꾸 꼬이고 괴로웠다.

"!!"

갑자기 쿵 하고 등에 뭔가가 떨어졌다. 탄지로는 그대로 땅바닥에 넘어졌다.

'아뿔싸, 뛰느라 여념이 없어서…!!'

사람이 뛰어내린 것이다. 탄지로를 짓밟고 선 그 사람은 내동댕이쳐진 네즈코를 향해 지체 없이 칼을 휘둘렀다.

'귀살대원…!'

하얀 망토 같은 게 언뜻 보였다. 여성이지만, 조금 전의 나비 두루마기를 걸친 사람이 아닌 것만은 알 수 있었다. 탄지로는 허겁지겁 그녀의 망토를 붙잡아 뒤로 넘어트렸다.

"도망쳐! 네즈코, 도망쳐!!"

그러나 그녀는 하얀 부츠의 뒷굽으로 탄지로의 머리를 있는 힘껏 걷어찼다. "큭!" 하는 신음을 마지막으로 탄지로는 의식을 잃었다.

그녀… 나비 모양 머리 장식을 단 소녀는 기절한 탄지로를 그 자리에 내버려 둔 채, 네즈코의 뒤를 쫓았다.

재빠른 움직임으로 눈 깜짝할 사이에 네즈코를 따라잡아서 칼을 내리쳤다.

목을 베었다, 라고 생각했지만, 어째선지 그 칼은 허공을 갈랐다.

'!! 작게… 어린애로 변신했다.'

네즈코가 순식간에 몸의 크기를 줄여서 너덧 살 정도 어린 아이의 모습으로 변해 칼날을 피한 것이다. 그대로 도도도…

하고 짧은 다리를 바삐 움직여 달아났다.

도망치기만 하고 조금도 공격해 오지 않는 도깨비는 처음이
었다.

'…생각할 필요 없어. 시킨 대로 도깨비를 베기만 하면 돼.'

소녀는 네즈코를 쫓아서 달리기 시작했다.

"도깨비를 베러 가기 위한 내 공격은 정당한 거니까, 위반은
안 되겠지만, 토미오카 씨의 이 행위는 대율 위반이에요."

시노부는 기유 때문에 꼼짝 못 하는 중이었다. 물리적으로.

목을 옆구리 사이에 껴서 단단히 고정하고, 검을 쥔 손도 꽉
붙들고 있었다. 기유가 힘 조절을 하긴 했지만, 그래도 시노부
의 힘으로는 꿈쩍도 하지 않았다.

"귀살에 방해가 되니까… 어쩌자는 심산이죠?"

기유는 대답하지 않았다. 시노부는 살짝 짜증이 났다.

"무슨 말이라도 좀 해 보지 그러세요?"

그 말을 듣고도 기유는 한동안 말이 없었지만, 이윽고 느릿
느릿 말문을 열었다.

"…그건 분명 2년 전….”

시노부는 한숨을 내쉬었다.

"그런 대목부터 장황하게 설명해도 곤란해요. 지금 엿 먹이는 건가요? 미움받고 있다고 말해 준 것 때문에 앙심 품은 거예요?"

기유가 일순 딱딱하게 굳었다. 그 틈을 타서 시노부는 오른 다리에 힘을 꾹 실었다. 그러자 조리 뒤꿈치 부분에 숨겨 났던 나이프가 튀어나왔다.

그대로 기유를 걷어차려는 순간, 갑자기 들려오는 요란스러운 까마귀 목소리.

"전령!! 전령!! 까아아악!! 전령이다!!"

귀살대의 연락 수단, 꺾쇠 까마귀가 날아온 것이다. 시노부와 기유 모두 움직임을 바로 멈추고 그 목소리에 귀를 기울였다.

"탄지로, 네즈코 2명을 구속하여 본부로 데려오라!!"

두 사람은 깜짝 놀라 숨을 삼켰다.

"탄지로와 도깨비 네즈코! 구속하여 본부로 데려오라!!"

까마귀는 크게 소리치면서 다시 하늘로 날아올랐다.

"탄지로는 이마에 흉터가 있다! 대나무를 물고 있는 건 도깨비 네즈코!! 구속하여 데려오라!!"

까마귀는 선회하면서 산속 구석구석을 날아다녔다.

이제 몇 걸음이면 네즈코를 따라잡을 뻔했던 나비 모양 머리 장식을 단 소녀는 그제야 칼을 거뒀다.

"네가 네즈코니?"

자그마한 도깨비에게 묻자, 그녀는 고개를 끄덕였다. 그러고는 스스로 옆에 굴러다니던 상자 속으로 들어갔다.

쓰러져 있는 탄지로 곁에도 은 대원들이 달려왔다. 이마의 흉터를 확인한 다음 서로의 얼굴을 보며 끄덕였다.

탄지로도, 젠이츠도, 그리고 이노스케도.
정신을 잃은 사이 산에서 이송되었다.
이리하여 나타구모산 전투는 막을 내렸다.

"일어나, 일어나라고."

누군가가 귓가에서 말을 걸었다.

"야, 인마! 야, 이 자식아."

그 목소리는 점점 커지더니 곧 호통으로 바뀌었다.

"얀마!! 언제까지 처잘 거야?"

탄지로는 깜짝 놀라서 눈을 떴다.

자신은 흰 자갈이 깔린 땅바닥에 엎드린 자세로 눕혀져 있었다.

아니, 눕혔다기보다는 아무렇게나 던져 놨다고 보는 게 맞겠지. 팔을 등 뒤로 꽁꽁 묶어 놔서 움직일 수 없었다. 부상의 치료도 받지 못한 상태라서 아직도 온몸이 아팠다.

간신히 고개를 들었다. 바로 옆에 복면을 쓴 남자가 있었다. 아까부터 호통 치던 건 바로 이 사람인 듯했다.

"썩 일어나지 못해?! 주 일행 앞이야!!"

'주…? 주가 뭐지? 무슨 소리야?'

주변을 둘러보고 탄지로는 눈을 부릅떴다.

보아하니 이곳은 커다란 저택의 정원이었다. 아름답게 손질된 정원수와 연못이 보였다.

그 연못을 배경으로 6명의 남녀가 쭉 늘어서서 탄지로를 내려다보고 있었다.

"여긴 귀살대의 본부예요. 당신은 지금부터 재판을 받을 겁니다. 카마도 탄지로."

그렇게 말하며 미소 지은 사람은 나타구모산에서 만난 그 나비 두루마기를 입은 여성 검객 충주 코쵸우 시노부였다.

주(柱)란 귀살대 안에서 가장 지위가 높은 9명의 검객들이다.

사용하는 호흡에서 따온 칭호로 불리는 그들이야말로 글자 그대로 귀살대를 대들보(柱)처럼 지탱하고 있었다.

"굳이 재판할 필요도 없지! 도깨비를 감싸는 건 명백한 대율 위반! 우리만으로 대처할 수 있어! 도깨비와 함께 참수하자!"

"그렇다면 내가 화려하게 목을 베어 주지. 그 누구보다도 화려한 피보라를 보여 줄게. 완전 요란하고 화려하게."

불꽃과 같은 머리카락을 가진 염주(炎柱) 렌고쿠 쿄쥬로가 시원시원하게 말하자, 화려한 화장에 화려한 귀고리를 단 음주(音柱) 우즈이 텐겐이 맞장구를 치고 웃었다.

그 옆에서는 벚꽃색 머리카락의 미소녀가 뺨을 붉히면서 이쪽을 바라봤다. 연주(戀柱) 칸로지 미츠리였다. 작은 목소리로 뭔가 말하는 것 같았지만, 들리지 않았다.

덩치 큰 남성인 암주(岩柱) 히메지마 교메이가 염주를 굴리면서 눈물을 흘렸다.

"아아… 이 얼마나 초라한 어린애인가. 가엾게도. 태어난 것 자체가 불쌍해."

"뭐지? 저 구름 모양…. 뭐라고 하더라?"

그 자리에서 벌어지고 있는 일에는 일절 관심을 주지 않으면서 하늘만 올려다보는 소년은 하주(霞柱) 토키토 무이치로였다.

"죽여 주자."

"응."

"그래, 화려하게."

암주, 염주, 음주가 서로 고개를 끄덕였다.

이대로 가다간 여기서 살해당할 것 같았다. 탄지로는 필사적으로 주위를 둘러봤다.

'네즈코!! 네즈코, 어디 있니?'

넓은 정원의 어디에도 네즈코의 모습은 없었다. 여동생이 들어갔을 상자도 보이지 않았다.

젠이츠는, 이노스케는 어떻게 됐을까. 함께 싸웠던 선배 대원 무라타는?

"그딴 것보다 토미오카는 어떻게 할 거야?"

조금 떨어진 곳에서 다른 남자의 목소리가 들렸다.

커다란 소나무 가지에 흑백 줄무늬 두루마기를 입은 남자가 엎드려 누워 있었다. 목에는 하얀 뱀이 똬리를 틀었다. 바로 사주(蛇柱) 이구로 오바나이였다.

"저렇게 구속도 안 해 놓다니, 난 두통이 밀려오는데. 코쵸우 말을 들어 보면, 대율을 위반하긴 토미오카도 마찬가지잖아. 어떻게 처분하고, 어떤 꼴로 만들어 줄까?"

"별로 상관없잖아요? 얌전히 따라와 줬으니. 처벌은 나중에 생각합시다. 그보다 전 아가 쪽 얘기부터 들어 보고 싶네요."

코쵸우 시노부는 끈적끈적하게 따지고 드는 이구로를 타이르면서 천천히 탄지로 앞으로 나아갔다.

'나 때문에 토미오카 씨까지….'

탄지로는 몸을 일으켰다. 그러나 목소리를 내려고 하자마자 심한 기침이 터져 나왔다.

"물을 마시는 게 좋겠네요."

시노부는 상냥하게 말하고는 자그마한 호리병을 꺼내서 탄지로 앞에 내밀었다.

"턱을 다쳤으니 천천히 드시고 얘기해 주세요. 진통제가 들어 있으니 곧 편해질 거예요. 그렇다고 부상이 나은 건 아니니까 무리하진 말고."

탄지로는 순순히 호리병에 입을 갖다 댔다. 목이 바싹 말라 있었다는 사실을 깨달았다. 살짝 단맛이 도는 물이 몸에 스며들어서, 시노부 말대로 금세 편해진 듯한 기분이 들었다.

"…제 누이동생은 도깨비가 됐어요."

간신히 목소리를 쥐어짰다.

"하지만 사람을 잡아먹은 적은 없습니다. 예전에도, 앞으로도, 사람을 다치게 하는 짓은 절대로 안 할 거예요."

"허접한 망언을 마구 지껄이는군."

딱 잘라 말한 건 사주였다.

"애당초 제 식구라면 감싸는 게 당연지사. 저 말은 전부 신뢰할 수 없어. 난 믿지 않아."

"아아아…. 도깨비한테 홀렸구나. 어서 빨리 이 불쌍한 아이를 죽여서 해방시켜 주자."

암주도 울면서 염주알을 굴렸다. 탄지로는 필사적으로 외쳤다.

"제발 좀 들어 주세요!! 전 네즈코를 치유하기 위해 검객이 된 거예요! 네즈코가 도깨비가 된 건 벌써 2년도 더 된 일이고, 그동안 네즈코는 사람을 잡아먹지 않았어요!"

"이야기가 지루하게 빙글빙글 돌고 있잖아, 이 바보야."

보석을 꿰매 붙인 화려한 이마 보호대를 번쩍번쩍 빛내면서 음주가 어깨를 으쓱였다.

"사람을 잡아먹지 않았다, 앞으로도 잡아먹지 않겠다. 말로 만 그러지 말고 화려하게 증명해 보이라고."

"저어… 그래도 의문이 하나 있는데…."

그의 말을 가로막은 건 그때까지 이 사람, 저 사람 둘러보기 만 하던 연주였다.

"큰 어르신께서 이 사실을 파악하지 못하셨을 리 없다고 생 각해요. 그런데도 멋대로 처분해도 될까요? 오실 때까진 우선 기다리는 게…."

듣고 보니 맞는 말이라며 다른 주들도 서로 얼굴을 마주 봤 다.

"누이동생은 저랑 함께 싸울 수 있어요! 귀살대로 서 사람들을 지키기 위해 싸울 수 있다구요!!"

탄지로는 죽기 살기로 고래고래 소리쳤다.

"그러니까!!"

"어이, 뭔가 재미난 일이 벌어지고 있네?"

그때, 정원 맞은편에서 새로운 인물이 또 나타났다.

"도깨비를 데리고 다니던 바보 대원이 그놈이야? 도대체 어쩌자는 심산이지?"

얼굴에 흉터가 가득한 남자가 네즈코가 들어 있는 상자를
왼손으로 받쳐 들고 이쪽으로 걸어오는 중이었다. 그 뒤에서
2명의 은 대원이 어찌할 바를 몰라 하며 쫓아왔다.

"이러시면 곤란합니다, 시나즈가와 님! 제발 그 상자를 놔주
세요!"

몹시 당황한 것으로 보아, 그 안에 네즈코가 아직 들어 있는
게 분명했다. 어딘가 다른 장소에서 은 대원들이 지키고 있던
것을 이 남자 풍주(風柱) 시나즈가와 사네미가 다짜고짜 빼앗
아 온 것이다.

"시나즈가와 씨, 멋대로 굴지 말아 주세요."

코쵸우 시노부가 몸을 일으켜서 시나즈가와를 노려봤다. 하
지만 풍주는 그러거나 말거나 희미하게 미소 지으면서 상자를
들어 올렸다.

"도깨비가 뭐 어쨌다고? 꼬마야. 귀살대로서 사람들을 지키
기 위해 싸울 수 있다? 그런 건~"

있을 수 없는 일이야, 이 멍청아!라고 외친 직후, 일륜도를
상자에 꽂아 넣었다. 푸칵 하는 둔탁한 소리와 함께 안쪽에서
신음이 들리더니 이윽고 상자 밖으로 피가 뚝뚝 흘러 내렸다.

탄지로는 번개같이 자리에서 일어나 맹렬한 기세로 시나즈가와에게 달려들었다.

"내 동생을 다치게 하는 놈은 주가 됐든, 뭐가 됐든, 가만 안 둬!"

"하하하하!! 그래? 잘됐네!"

"안 돼!! 이제 곧 큰 어르신이 오실 거야!"

그렇게 외친 사람은 토미오카 기유였다. 시나즈가와가 그쪽으로 시선을 돌린 순간, 탄지로의 돌 같은 머리가 빡 하고 풍주의 얼굴에 명중했다.

정통으로 콧등에 박치기를 맞은 시나즈가와는 약간 우스꽝스럽기까지 한 모양새로 나자빠졌다. 끝내 참지 못하고 연주가 웃음을 터트렸다.

탄지로는 네즈코의 상자 앞에 버티고 앉아서 시나즈가와에게 호통을 쳤다.

"선량한 도깨비와 나쁜 도깨비도 분간할 줄 모른다면, 주 따윈 관둬 버려!!"

"너 이 자식… 죽여 버리겠어!!"

풍주가 벌떡 일어나서 탄지로에게 주먹을 휘두르려고 한 그때.

"큰 어르신 납시었습니다!"

소녀의 목소리가 온 정원에 울려 퍼졌다.

"큰 어르신 납시었습니다!"

어느 틈엔가 열린 저택 안쪽 장지문 양옆에 8살 정도로 보이는 후리소데 차림의 소녀 2명이 무릎을 꿇고 있었다.

이윽고 장지문 너머에서 남성 한 명이 서서히 걸어 나왔다.

"잘 왔다. 나의 귀여운 아이들아."

온화한 음성이 울렸다.

2명의 소녀가 재빨리 일어나 양쪽에서 남성을 부축했다. 그리고 그대로 툇마루 바로 앞까지 걸어왔다.

"좋은 아침이다, 다들. 오늘은 날씨가 무척 좋구나. 하늘은 푸른가?"

남성은 고개를 약간 들고는 바람을 느끼는지 눈을 가늘게 떴다. 그러나 그 눈은 희뿌옇게 탁해서 보이지 않는 듯했다. 그뿐만이 아니었다. 그의 얼굴 윗부분은 짓무른 것처럼 보라색으로 변색돼 있었다.

"변함없는 면면으로 반년에 한 번 열리는 '주합(柱合)회의'를 맞이한 점, 기쁘게 생각한다."

'흉터…? 아니, 병인가? 이 사람이 큰 어르신?'

그에게 정신이 팔려 있던 탄지로는 느닷없이 땅바닥에 얼굴이 처박혔다. 시나즈가와였다.

'빠르다!! 전혀 반응하지 못했어. 이게 정말…!!'

발버둥을 치려다 깜짝 놀랐다.

9명의 주들이 일렬로 늘어서더니 정원 바닥에 한쪽 무릎을 꿇고 고개를 푹 숙였다. 조금 전까지 나무 위에 있던 사주도, 홀로 멀찍이 떨어져 있던 기유도.

"큰 어르신께서도 강건하셔서 참으로 다행입니다. 더더욱 다복하시길 간절히 바라옵나이다."

시나즈가와는 탄지로의 얼굴을 바닥에 꾹 처박은 채로 말했다.

하늘은
푸른가?

좋은
아침이다,
다들.

오늘은
날씨가
무척
좋구나.

기쁘게
생각한다.

변함없는 면면으로
반년에 한 번 열리는
'주합(柱合)회의'를
맞이한 점,

"고맙다, 사네미."

큰어르신 귀살대 당주 우부야시키 카가야는 소녀 2명의 도움을 받아 자리에 천천히 앉았다.

"외람되오나, 주합회의 전에 도깨비를 데리고 다니던 이 카마도 탄지로라는 대원에 대해 설명을 좀 듣고 싶은데, 그래도 될까요?"

'지성도, 이성도 전혀 없게 생겼는데, 엄청 정중하게 말하네.'

탄지로는 내심 놀랐다. 카가야는 부드럽게 미소 지은 다음 고개를 끄덕였다.

"그래. 놀라게 해서 미안하구나. 탄지로와 네즈코에 대해선 내가 용인한 일이다. 그리고 너희도 인정해 주었으면 한다."

주들이 술렁거렸다.

가장 연장자로 보이는 암주 히메지마가 역시나 눈물을 흘리며 합장했다.

"아아…. 설령 큰 어르신의 부탁이라 해도 난 이해할 수 없어…."

"나도 화려하게 반대한다. 도깨비를 데리고 다니는 귀살대원 따윈 인정할 수 없어."

음주 우즈이도 멋스런 자세를 취하면서 단언했다.

"전 전적으로 큰 어르신이 원하는 대로 따르겠나이다."

뺨을 붉게 물들이면서 그렇게 말한 사람은 연주 칸로지였다.

"난 어느 쪽이든 상관없어…. 어차피 바로 잊어버리니까…."

검은 장발의 소년, 하주 토키토는 여전히 멍한 상태였다.

충주 코쵸우 시노부와 수주 토미오카 기유는 아무 말도 하지 않았다.

그 두 사람 쪽을 힐끔 쳐다본 사주 이구로는 또다시 끈적끈적한 말투로 불평했다.

"신뢰하지 않아, 신뢰하지 않아. 애당초 도깨비는 딱 질색이야."

"진심으로 존경하는 큰 어르신이지만, 이해할 수 없는 생각이야!! 전력을 다해 반대한다!!"

염주 렌고쿠도 딱 잘라 말했다.

압도적인 반대 의견을 등에 업고 사나즈가와는 카가야에게 호소했다.

"도깨비를 멸살시켜야 비로소 귀살대. 카마도, 토미오카, 2명의 처벌을 청하는 바입니다."

카가야는 잠자코 그 말을 듣고 있었지만, 가볍게 고개를 끄덕이고는 옆에 선 소녀에게 말했다.

"허면, 그 편지를."

"네."

소녀는 품 안에 넣어 놨던 흰 종이를 꺼내서 천천히 펼쳤다.

"이 편지는 전(前) 주 출신인 우로코다키 사콘지 님께서 보내신 겁니다. 일부만 발췌해서 읽어 드리겠습니다."

'우로코다키 씨의 편지? 게다가 전 주 출신이라고…?'

탄지로가 깜짝 놀라는 동안 소녀의 또랑또랑한 목소리가 울려 퍼졌다.

"'탄지로가 도깨비인 누이동생과 함께 지내는 걸 모쪼록 허락해 주십시오'…."

탄지로가 도깨비인 누이동생과 함께 지내는 걸 모쪼록 허락해 주십시오.

네즈코는 강인한 정신력으로 인간적인 이성을 유지하고 있습니다.

기아 상태에도 사람을 잡아먹지 않고, 그대로 2년이 넘는 세월이 흘렀습니다.

당장은 믿기 어려운 상황이지만, 틀림없는 사실입니다.

만일, 네즈코가 사람에게 달려드는 경우에는,

카마도 탄지로와 우로코다키 사콘지, 토미오카 기유가 할복으로 사죄하겠습니다.

"…'우로코다키 사콘지, 토미오카 기유가 할복으로 사죄하겠습니다'."

그 말을 들은 순간, 탄지로는 가슴이 벅차올랐다.

눈물이 왈칵 쏟아졌다.

반대편 끝에 앉아 있는 기유는 아무런 말이 없었다. 탄지로 쪽을 바라보려고도 하지 않았다.

아무것도 몰랐다. 우로코다키와 기유가 그렇게나 큰 각오를 하고 자신들을 감싸 주고 있었다.

자신은 여태까지, 아무것도 몰랐다.

"…할복하겠으니 뭐 어쩌라고?"

그러나 시나즈가와는 납득하지 못하겠다는 태도였다.

"죽고 싶으면 멋대로 뒈지든가. 그딴 건 아무런 보증도 못 됩니다."

"시나즈가와 말이 맞습니다! 사람을 물어 죽이면 영영 돌이킬 수 없으니까!! 죽은 사람은 돌아오지 않죠!"

렌고쿠도 거들었다. 카가야는 조용히 끄덕였다.

"확실히 맞는 말이야. 사람을 공격하지 않을 거라는 보증은 할 수 없지. 증명도 할 수 없고. 하지만…."

사람을 공격할 거라는 것 또한 증명할 수 없다고 카가야는 말했다.

시나즈가와가 숨을 삼켰다.

카가야는 소녀로부터 받아 든 우로코다키의 편지를 고이 접으면서 말을 이었다.

"네즈코가 2년이 넘는 세월 동안 사람을 잡아먹지 않았다는 사실이 엄연히 존재하고, 그런 네즈코를 위해 두 사람이 목숨을 걸었다. 이걸 부정하려면 부정하는 쪽도 그 이상의 논거를 내밀어야 해."

"…큭."

시나즈가와와 렌고쿠는 말문이 막혔다.

거기서 끝내지 않고 카가야는 주들을 둘러보며 덧붙였다.

"게다가 탄지로는 키부츠지와 조우했다."

"?!"

그 말을 들은 주들은 깜짝 놀라 웅성거렸다.

"설마 그럴 리가…."

죽고 싶으면 멋대로 뒈지든가.

…할복하겠으니 뭐 어쩌라고?

그딴 건 아무런 보증도 못 됩니다.

사람을 물어죽이면 영영 돌이킬 수 없으니까!!

시나즈가와 말이 맞습니다!

죽은 사람은 돌아오지 않죠!

"주조차 아무도 접촉한 적이 없는데…!!"

"이놈이?!"

모두들 탄지로 쪽으로 몸을 쭉 내밀고는 앞다투어 질문을 퍼부었다.

"어떻게 생겼던?! 능력은?! 장소는 어디야?!"

"싸웠어?"

"키부츠지는 뭘 하고 있더냐?"

"근거지는 알아냈고?!"

수습하기 어려울 만큼 소란스러워지려는 찰나, 카가야가 오른손 검지를 입술에 슥 갖다 댔다. 그러자 주들은 일제히 입을 꾹 다물었다.

"그뿐만이 아니야. 키부츠지는 탄지로에게 추격자를 보냈다. 그 이유는 단순한 입막음일 수도 있지만, 난 키부츠지가 처음으로 드러낸 꼬리를 꽉 잡고 놓고 싶지 않아. 필시 네즈코에게도 키부츠지가 미처 예상하지 못한 무언가가 일어난 거라 사료된다. 이해해 주겠느냐?"

카가야는 재차 주들을 둘러봤다.

주들은 잠시 동안 각자 생각에 잠긴 듯했다.

그러나 역시 의견을 피력한 사람은 시나즈가와였다.

"이해할 수 없습니다, 큰 어르신! 인간이라면 살려 둬도 되지만, 도깨비는 안 됩니다. 용납할 수 없어요."

시나즈가와는 느닷없이 허리춤의 일륜도를 빼들더니, 자신의 왼팔을 칼날로 베었다. 흰 자갈 위로 새빨간 피가 뚝뚝 떨어졌다.

"큰 어르신…!! 제가 증명하겠습니다! 도깨비라는 족속의 추악함을!"

그 말을 마친 시나즈가와는 네즈코가 들어 있는 상자 위로 자신의 팔을 치켜들었다.

"야, 도깨비!! 밥 먹을 시간이다. 덥석 물어!!"

"시나즈가와, 양지에선 안 돼. 음지로 가지 않으면 도깨비는 안 나와."

사주 이구로가 침착하게 말했다. 하긴 그렇겠다며 시나즈가와는 고개를 끄덕였다.

"큰 어르신. 실례 좀 하겠습니다."

시나즈가와는 네즈코의 상자를 짊어지고 번개처럼 도약했다. 그러고는 카가야와 소녀들이 앉아 있는 다다미방의 안쪽, 햇볕이 들지 않는 응달에 상자를 던졌다.

"네즈코오오!!"

뛰쳐나가려고 한 탄지로의 등을 이구로가 팔꿈치로 찍어 눌렀다. 가슴을 정통으로 짓눌러서 호흡이 곤란해졌다.

시나즈가와는 또다시 일륜도를 상자에 꽂아 넣었다. 겉면을 두세 번 찔러 댄 다음 뚜껑을 열어젖혔다.

"썩 나와, 도깨비!! 네가 좋아 죽는 인간 피다!!"

상자 안에서 네즈코가 느릿느릿 몸을 일으켰다.

시나즈가와의 피 냄새에 도깨비의 본능이 반응해서 얼굴에는 혈관이 툭 불거져 나오고, 눈동자도 고양이처럼 세로로 가늘어져 있었다.

대나무 재갈을 문 입에서 후욱후욱 하고 거친 숨이 새어 나왔다.

"네…즈코…."

몸부림치는 탄지로는 점점 눈앞이 캄캄해졌다.

"이구로 씨, 너무 세게 누르고 계시네요. 힘 좀 빼 주세요."

시노부가 나무랐지만, 이구로는 조금도 개의치 않았다.

"자꾸 움직이려 해서 짓누르고 있는 것뿐인데?"

"…카마도. 폐를 압박당한 상태에서 호흡을 사용하면 혈관이 파열돼요."

시노부가 걱정스러운 목소리로 말했다.

"혈관 파열!! 좋네, 표현이 화려해서!! 좋아, 해 봐, 파열해!!"

"가엾게도…. 이 얼마나 약하고 불쌍한 아이인가…. 나무아미타불….'"

우즈이가 신이 나서 부추기고, 히메지마는 눈물을 흘렸다.

"크…으…으윽….'"

짐승처럼 으르렁거리면서 탄지로는 팔에 묶인 밧줄을 우두둑 끊어 버렸다. 이구로가 제압하려고 했지만, 어느 틈엔가 뒤쪽에 다가와 있던 기유가 그 팔을 붙잡았다.

탄지로는 비틀비틀 걸어가 툇마루에 매달렸다.

"네즈코!"

잔뜩 쉰 목소리로 외치자 네즈코가 그쪽을 돌아봤다.

네즈코의 눈에 필사적인 표정의 오빠가 비쳤다.

'인간은 지키고 도와줘야 되는 존재….'

우로코다키가 오랜 시간을 들여서 기도하듯이 건 암시.

눈앞에 되살아났다. 아버지와 어머니와 오빠, 그리고 동생들과 함께 보낸 평화로운 나날들.

가난한 살림에 힘든 일도 있었지만 행복했다. 가족을 사랑했다.

'인간은 가족. 다치게 하지 않는다…. 절대로 다치게 하지 않는다….'

네즈코는 폭포수 같은 땀을 흘리면서 버텼다.

피가 뚝뚝 떨어지는 팔을 눈앞에 내밀고 있음에도 얼굴을 홱 돌렸다.

"어찌 됐느냐?"

눈이 보이지 않는 카가야가 묻자 소녀들이 대답했다.

"도깨비 소녀는 고개를 돌려 버렸습니다."

"시나즈가와 님께 3번이나 찔리고, 눈앞에 피투성이 팔을 들이대는데도 꾹 참고 물지 않았어요."

"허면 이로써 네즈코가 사람을 공격하지 않는다는 게 증명되었구나."

카가야는 차분하게 말했다.

"탄지로, 그래도 여전히 네즈코를 탐탁지 않게 여기는 자들도 있을 게다."

툇마루 끄트머리에 매달려 있던 탄지로는 다급히 큰 어르신의 정면으로 돌아가 자갈밭 위에 엎드렸다.

"증명해야만 해. 앞으로 탄지로와 네즈코가 귀살대로서 싸울 수 있고, 도움이 된다는 걸."

온화하고 신비로운 목소리가 탄지로의 귀에 스며들었다.

'뭐지…? 이 느낌…. 마음이 푸근해….'

큰 어르신의 목소리를 듣고 있으면 기묘하게도 마음이 고양됐다.

'이 사람이 귀살대의 당주….'

"십이귀월을 쓰러뜨리고 와라. 그리 하면 모두가 인정하고, 네 말의 무게가 달라질 테니."

"저는… 저와 네즈코는 키부츠지 무잔을 쓰러뜨릴 겁니다!!"

탄지로는 저도 모르게 외치고 있었다.

우로코다키와 기유를 위해서.

그리고 도깨비라는 존재 때문에 고통받은 모든 이들을 위해서.

"저와 네즈코가 반드시!! 이 슬픔의 연쇄를 절단하는 칼날을 휘두르겠습니다!!"

그 자리가 정적에 휩싸인 가운데, 큰 어르신은 생글생글 웃으며 말했다.

"지금의 탄지로로는 그럴 수 없으니까, 우선은 십이귀월부터 한 명 쓰러뜨리자. 응?"

"…네."

갑자기 부끄러움이 몰려와서, 탄지로는 푹 익은 감처럼 얼굴이 새빨개졌다.

연주 칸로지 미츠리가 터져 나오려는 웃음을 겨우 참았다. 시노부나 음주 우즈이, 암주 히메지마까지 어깨를 잘게 떨고 있었다.

긴장돼 있던 분위기가 풀리고, 초여름의 상쾌한 바람이 등꽃 향기를 실어 왔다.

카가야는 미소를 띠우면서 타이르는 듯한 말투로 대원들 사이를 중재했다.

"여기 있는 귀살대의 주들은 당연히 탁월한 재능이 있다. 피를 토하는 단련으로 자신을 채찍질하고 사선을 넘어 십이귀월도 쓰러뜨리고 있다. 그래서 더욱 주는 존경받고 우대받는 것이지. 탄지로도 이들에겐 말을 가려 하거라."

"네… 네엣."

탄지로가 끄덕이자 이어서 카가야는 시나즈가와와 사주 이구로를 향해 말했다.

"그리고 사네미. 오바나이. 밑에 있는 애들에게 너무 심통 부리지 말고."

"…알겠습니다."

시나즈가와는 상자 속으로 돌아간 네즈코 쪽을 여태 노려보고 있었지만, 군말 없이 칼을 칼집에 넣고 한쪽 무릎을 꿇었다. 이구로도 머리를 숙였다.

카가야는 고개를 끄덕였다.

"탄지로 이야긴 이것으로 끝. 이만 물러가도 좋다. 이제 주합회의를 시작해 볼까?"

"그럼, 카마도는 제 저택에서 맡아 두겠습니다."

손을 든 사람은 코쵸우 시노부였다. 탄지로가 어리둥절해 있는 동안 손뼉을 짝짝 쳤다.

"자, 데려가 주세요!"

"먼저 가 보겠습니다!!"

내내 주변에서 숨을 죽이고 있던 은 대원 2명이 뛰쳐나왔다. 한 명은 탄지로를 덥석 붙잡고, 다른 한 명은 네즈코가 들어간 상자를 짊어지고 달려가기 시작했다.

"그럼, 주합회의를… ."

"잠깐만요!!"

탄지로는 발버둥 쳤다. 은의 손을 뿌리치고 저택 기둥에 매달려서는, 시나즈가와를 노려보면서 소리쳤다.

　"저 흉터투성이인 사람한테 박치기 좀 하게 해 주세요. 딱 네즈코를 찌른 몫만큼만 꼭!! 박치기라면 대율 위반은 안 될 테니…."

　느닷없이 작고 딱딱한 것이 엄청난 속도로 날아왔다. 퍽퍽하고 얼굴과 머리통에 정통으로 명중해서, 탄지로는 뒤로 나자빠졌다.

　"큰 어르신 말씀 가로막으면 안 돼."

　이제껏 허공만 응시하던 하주 토키토 무이치로였다. 그가 자갈을 손가락으로 튕겨서 날린 것이다. 위력이 너무도 어마어마해서 돌 머리인 탄지로조차도 격통과 충격으로 현기증이 났다.

　"어서 물러가."

　"죄, 죄송합니다, 큰 어르신. 토키토 님."

　은 2명은 다시금 탄지로를 안아 올렸다. 그때, 카가야가 작게 말했다.

　"탄지로, 타마요 씨한테 안부 전해 다오."

　"?!"

되물을 새도 없이 은들은 전속력으로 내달렸다.

"잠깐만!! 방금, 방금…!!"

큰 어르신은 타마요의 이름을 언급했다.

도깨비임에도 키부츠지 무잔에게 반기를 들고, 그를 쓰러트릴 방법을 연구 중인 여성.

탄지로는 남몰래 그녀와 연락을 주고받으면서 쓰러트린 도깨비의 피나 네즈코의 변화에 관해 조사를 부탁하고 있었다.

그래도 역시 그녀는 도깨비다. 타마요는 결코 다른 도깨비 사냥꾼들에게 자신의 이야기를 하지 말아 달라고 당부했었다.

'하지만 큰 어르신은 알고 계셔?! 방금 안부를 전해 달라고….'

"잠깐만 기다려 주세요! 저기, 아직 할 얘기가…."

"야, 이 자식아아아!! 그만 떠들어!!"

네즈코의 상자를 짊어진 은이 주먹으로 탄지로의 얼굴을 때렸다.

"너 때문에 혼났잖아!! 지릴 뻔했어!!"

탄지로를 업은 은도 달리면서 버럭버럭 화를 냈다.

"주들이 얼마나 무서운데! 제발 분위기 파악 좀 해. 눈치껏!!"

"절대 용서 못 해! 절대 용서 못 해!"

"사과해!! 사과해, 사과해!! 사과하라고!!"

"죄… 죄송합니다…."

은 2명이 맹렬한 비난을 퍼붓자 그제야 탄지로는 포기했다.

그리고 그대로 귀살대 본부를 뒤로했다….

낯선 길을 얼마나 오래 달렸을까. 은들이 탄지로를 데려온 곳은 본부와는 또 다른 으리으리한 저택이었다.

"…저기… 여기는…."

"나비 저택이라고 불려. 충주 코쵸우 님의 저택이야."

탄지로를 업은 채로 남자 은 대원은 저택 현관을 지나 안쪽을 향해 인사를 했다.

"실례합니다!"

"실례합니다!"

네즈코의 상자를 짊어진 은과 둘이서 저택의 사람을 애타게 찾았지만, 아무런 대답도 없이 고요했다.

"멋대로 들어가는 것도 좀…"

"정원 쪽으로 돌아 들어가 볼까?"

두 사람은 일단 현관을 나서서 아름답게 꾸며진 정원으로 돌아 들어갔다.

정원에는 형형색색의 꽃들이 피어 있고, 그 위를 수많은 나비들이 춤추듯 날아다녔다. 그래서 나비 저택이라고 불리는 것일까.

"야, 이 자식아. 네 발로 걸어."

은이 등에 업힌 탄지로에게 지긋지긋하다는 말투로 말했다.

"죄송해요. 정말이지, 온몸이 너무 쑤시고 아파서…"

"하긴, 그래서 코쵸우 님도 널 이곳에 데려다 놓으라고 분부하셨겠지만."

"……?"

그게 무슨 의미냐고 물으려는데 은들이 걸음을 멈췄다.

"앗, 있네, 사람이 있어."

안뜰에 만들어 놓은 연못 근처에 소녀가 서 있었다. 귀살대 대원복 차림이었다.

"저건 어어, 그래. '츠구코(繼子)'분이네. 츠유리 카나오 님

츠유리
카나오
님이셔.

이셔."

"츠구코? 츠구코가 뭐예요?"

질문을 던지면서 탄지로는 소녀의 얼굴을 쳐다봤다.

긴 머리카락을 머리 오른쪽으로 비스듬이 모아서 묶고, 나비 모양 머리 장식을 달고 있었다. 대원복 위에는 하얀 망토. 요즘 시대에는 아직 보기 드문 스커트에, 신발은 하얀색 부츠.

'최종 선별 때 있던 아이다….'

어젯밤에 나타구모산에서 짓밟혔던 건 모르는 눈치였다.

"츠구코라는 건 주가 키우는 대원을 말하지. 간단히 말해서 주가 후계자로 삼으려고 직접 가르치는 제자야. 재능이 상당하고 우수하지 않으면 뽑히지 않아. 여자애인데도 참 대단해."

은 2명은 소녀에게 다가가서 인사를 건넸다.

"저어… 츠구코인 츠유리 카나오 님이시죠?"

"코쵸우 님의 분부를 받고 왔습니다. 저택에 들어가도 될까요?"

그러나 카나오라고 불린 소녀는 생글생글 웃기만 하고 대답을 하지 않았다.

"되나요? 되는 거죠…? 저기….'

몇 번이나 다시 물어도 역시 미소만 지을 뿐이었다.

은 대원들은 난감해져서 얼굴을 마주 봤다. 그러자 뒤쪽에서 갑자기 목소리가 들려왔다.

"뉘십니까!!"

화들짝 놀라서 돌아보니 그곳에는 다른 소녀가 서 있었다.

대원복 위에 간호사처럼 백의를 겹쳐 입었다. 양 갈래로 묶은 머리카락에는 역시 나비 모양 머리 장식이 달려 있었다.

"아니, 저기, 코쵸우 님께서…."

"은분들인가요? 부상자로군요. 이쪽으로 오시죠."

소녀는 빠릿빠릿하게 걸어가기 시작했다. 은들은 서둘러 그 뒤를 따라갔다.

탄지로가 돌아보니 카나오는 아직도 미소를 짓고 있었다. 소녀 주변에는 나비들이 팔랑팔랑 춤을 췄다.

백의의 소녀 칸자키 아오이가 탄지로와 은을 데리고 온 곳은 저택 안쪽의 건물 한 채였다.

아오이의 설명에 따르면, 이곳은 주인 코쵸우 시노부에게 주어진 저택으로서, 시노부의 뜻에 따라 부상당한 대원들의 치료소로 사용 중이라고 한다.

독을 다루는 시노부는 의학과 약학에도 정통해서, 주로서의 임무를 수행하는 동시에 여기서 약과 의술을 연구한다는 모양이다.

볕이 잘 드는 입원 병동에 발을 들인 순간, 귀에 익은 외침이 들려왔다.

"5번?! 5번이나 마셔야 해? 하루에?!"

청결한 침상이 10개 정도 놓여 있었다. 그중 하나에 앉아서 고래고래 소리를 지르는 금발 머리.

"석 달간 계속 마셔야 돼? 이 약을?! 이걸 마시면 밥 못 먹어! 엄청 쓴데? 괴로운데? 그보다 약을 먹는 것만으로 내 팔다리가 낫긴 하는 거야?! 정말로?!"

"젠이츠…!!"

나타구모산 초입에서 헤어지고 내내 보지 못했던 젠이츠였다.

젠이츠는 백의를 입은 자그마한 소녀를 상대로 연신 울면서 호소했다.

"좀 더 자세히 설명해 줘, 누구든! 한 번이라도 못 먹고 넘어가면 어떻게 돼?!"

"아직도 소란 피우고 있어? 그 사람…."

아오이가 어이없어하면서 젠이츠에게 다가갔다.

"조용히 좀 하세요!! 설명은 몇 번이나 해 드렸잖아요! 이제 그만하지 않으면 꽁꽁 묶어 버릴 거예요!"

아오이가 호통을 치자 그제야 입을 다문 젠이츠는 시무룩해 져서 이불 속으로 파고들었다.

"젠이츠! 괜찮아? 다쳤어?! 산에 와 줬구나…!!"

"타, 탄지로…."

젠이츠는 울면서 탄지로…가 아니라 탄지로를 업고 있는 은에게 달라붙었다.

"우와아앙, 탄지로. 내 말 좀 들어 봐!! 썩은 내 나는 거미한 테 찔려서 독 땜에 무지 아팠어!"

"그랬구나…."

젠이츠는 흰색 잠옷을 입고 있었지만, 양손 모두 소매 밖으로 나오지 않았다.

"난 아직도 팔다리가 짧아. 거미가 될 뻔했어. 아직 마비가 덜 풀려서 아프고…."

"괘, 괜찮은 거야…?"

"시노부 씨라는 사람이 주사를 놔 줬어. 여기서 약을 왕창

먹고 햇볕을 잔뜩 쪼이면 낫는대⋯. 후유증도 남지 않을 거랬
어."

"그래⋯ 다행이다."

탄지로는 안심했다. 하지만 젠이츠는 여전히 아우성을 쳤다.

"다행은 무슨! 이 약, 엄청나게 맛없어! 저 여자애는 버럭버
럭 화만 내고 최악이야!"

"제가 뭐요?!"

다른 침상에 누운 환자를 살펴보던 아오이가 무서운 얼굴로
돌아봤다. 젠이츠는 비명을 지른 후 겨우 조용해졌다.

젠이츠 때문에 옷이 콧물 범벅이 된 남자 은 대원은 제발 좀
떨어지라며 탄지로를 침대 위로 던졌다.

"있잖아, 젠이츠. 이노스케는? 무라타 씨는 못 봤어?"

"무라타라는 사람은 모르겠지만 이노스케라면 옆에 있어."

화들짝 놀라서 고개를 들자 확실히 옆쪽 침대에 멧돼지가⋯
멧돼지 가죽을 쓴 남자가 누워 있었다.

"앗, 정말이네! 떡하니 있었어!! 전혀 몰랐네!"

탄지로는 젠이츠의 침대에서 몸을 쭉 내밀어서 맞은편에 있
는 이노스케에게 말을 걸었다.

"이노스케!! 무사해서 천만다행이야⋯!! 미안해, 구하러 가

지 못해서…!!"

"됐어…. 신경 쓰지 마."

완전히 쉬어 버린 가냘픈 목소리가 대답했다.

"…이노스케… 맞아?!"

목소리가 전혀 다른 것 같은데.

"어쩌다 보니 성대가 작살 났대."

젠이츠가 말했다.

"자세한 건 나도 잘 모르겠는데, 목을 요렇게 콱! 하고 다쳤대. 그리고 마지막에 본인이 고래고래 소리 지른 게 치명타였는지, 목이 맛이 갔더라구."

"본인이 치명타?"

젠이츠는 우히히힛 하고 이상한 웃음소리를 냈다.

"풀 죽은 건지, 완전 쭈글이가 돼서 너무너무 웃겨."

확실히 지금까지의 이노스케라면 이런 곳에 얌전히 누워 있을 리 없었다. 그 아빠 거미 도깨비에게 당한 것이 어지간히 충격적이었던 걸까.

그렇지만 좌우간 무사해서 다행이었다.

탄지로는 흘러넘치는 눈물을 소매로 훔쳤다.

이리하여 탄지로네 삼인방과 네즈코는 나비 저택에서 각자 회복을 위한 휴식에 들어갔다.

　네즈코는 그저 상자 속에서 잠만 잘 뿐이었지만, 그녀에게는 그것이 가장 효과적인 치료법이다. 시나즈가와가 칼로 찔러서 구멍이 난 상자도 아오이가 솜씨 좋게 수리해 줬다.

　온몸에 부상을 당한 탄지로는 마음이 놓여서인지 그제야 통증이 몰려와서 그걸 꾹 참는 나날이 계속되었다.

　제일 중상인 젠이츠가 제일 소란스러워서, 간호 담당 소녀들을 붙잡고 "내가 약을 먹었던가?!"라느니, "언제까지 이렇게 지내야 해?!"라고 똑같은 소리를 몇 번이고 늘어놓다가 아오이에게 혼나기 일쑤였다.

　대조적인 건 이노스케였다. 그는 내내 풀이 죽어 있었다.

　입을 열면 하는 소리가 **"미안해." "약해서."**라니, 안 어울려도 너무 안 어울렸다.

　멧돼지 머리에 가려서 맨얼굴이 보이지 않는 만큼 괜히 더 걱정됐다.

"힘내, 이노스케, 힘내!"

"넌 애 많이 썼다니까! 대단해!"

이노스케의 침대를 사이에 두고 탄지로와 젠이츠가 양쪽에서 격려의 말을 퍼붓는 그런 매일이었다.

얼마 후에 문병객이 찾아왔다.

나타구모산에서 함께 싸웠던 선배 대원 무라타였다.

"무라타 씨! 다행이다… 무사하셨군요!"

"어. 여자 도깨비가 만들어 낸 고치에 갇혀서 녹아 버릴 뻔했지만, 간신히 옷만 녹는 데 그쳤어…. 코쵸우 님께서 구해 주셨거든."

"그랬군요."

그러나 무라타의 안색은 그리 밝지 않았다. 어쩐지 무척 지친 기색이었다.

"경상만 입고 살아남은 사람이 나 정도라서 보고차 주합회의에 불려 갔거든…. 지옥이었어…. 너무 무섭더라, 주들…."

탄지로의 침대 옆에서 고개를 숙였다.

"요즘 대원들은 너~무 질이 떨어졌다고 다들 자꾸만 신경질 내고. 나타구모산에 갔을 때도 명령에 따르지 않은 녀석이

나왔거든…. 그래서 그 '육성자'가 누구냐고 캐묻고…."

그걸 자기한테 따져 봤자 답이 나오겠냐면서 무라타는 한동안 넋두리를 늘어놨지만, 시노부의 얼굴을 보자마자 허둥지둥 돌아갔다. 주가 무서운 것도 있지만, 나중에 들으니 도깨비의 고치에 갇힌 그를 시노부가 구해 줬을 때 알몸을 보이고 말았단다.

시노부 쪽은 무라타를 기억하는지 못 하는지, 떠나는 그를 미소로 배웅한 다음 탄지로 일행에게로 돌아서서 한 명씩 몸 상태를 살피면서 말했다.

"많이 좋아진 것 같네요. 그럼, 이제 슬슬 기능 회복 훈련에 들어가 볼까요?

"…으음…. 제법 원래대로 돌아왔나…?"

젠이츠는 볕이 환하게 드는 창문 밑 침대에 앉아서 자신의 손을 들여다봤다.

아직은 약간 짧은 것 같기도 하고, 피부에는 보라색으로 변색된 부분도 군데군데 남아 있지만, 통증은 사라졌고 문제없이 움직일 수 있었다.

"완전히 거미가 되어 버린 사람들은 인간으로 돌아오더라도 후유증이 남을지도 모른다던데, 슬프다~"

젠이츠는 무릎에 앉은 쨋타로를 상대로 주절주절 이야기했다.

"시노부라는 사람의 '소리'는 참 독특해. 이제껏 들어 본 적 없는 느낌이야…. 규칙성이 없어 좀 무서워."

쨋타로는 그 말을 알아듣는지 어떤지, 잠자코 듣고 있었다.

"하지만 거미가 된 사람들을 치료하고 있을 땐 여신 같았어. 다들 울면서 시노부 씨 곁으로 쪼르륵 갔을 정도니까."

그리고 엄청나게 귀엽게 생겼다고 말하는 젠이츠의 입이 헤벌레 벌어졌다.

"얼굴만으로도 밥 먹고 살 수 있을 것 같아…. 왜 귀살대에 들어왔을까? 물론 다 사정이 있어서겠지만."

탄지로와 이노스케는 지금 없다. 며칠 전부터 '기능 회복 훈련'이라는 것을 하러 가기 때문이다.

"아!"

호랑이도 제 말 하면 온다고, 두 사람이 돌아왔다.

…눈에 띄게 지친 모습이었다. 기력이란 것이 전혀 없었다.

"무슨 일이 있었던 거야? 왜 그래? 응?"

며칠째 이런 꼴이었다. 훈련을 시작한 이후로 줄곧.

두 사람 모두 비실비실 녹초가 되어 돌아와서는 곧장 침대로 파고들어 잠들어 버린다. 왜 그러냐고 물어도 작은 목소리로 "미안."이라고 사과할 뿐.

"알려 줘! 나도 내일부터 훈련에 참가할 거니까!!"

젠이츠의 외침이 병실에 덧없이 메아리쳤다….

그리고 다음 날.

"젠이츠 씨는 오늘부터 훈련에 참가하실 테니, 설명해 드리겠습니다."

훈련장은 넓은 도장 같은 곳이었다. 마룻바닥에 정좌를 한 탄지로, 이노스케와 움찔움찔 겁을 내는 젠이츠 앞에 서 있는 사람은 아오이였다. 오늘은 백의를 입지 않은 귀살대 대원복 차림이었다.

"우선 저쪽. 누워만 있느라 굳어 버린 몸을 저 아이들이 풀어 줄 거예요."

아오이는 훈련장 구석을 가리켰다. 그곳에는 요가 석 장 깔려 있고, 언제나 입원 환자들을 돌보는 세 소녀가 당찬 얼굴로 대기 중이었다.

"그리고 반사훈련."

사각형 밥상이 놓인 곳에 츠유리 카나오가 오도카니 앉아 있었다. 밥상 위에는 10개쯤 되는 물잔을 올려두었다.

"물잔 속에는 약탕이 들어 있습니다. 서로에게 약탕을 끼얹는 건데, 물잔을 집어 들기 전에 상대방이 그 물잔을 짓누를 경우에는 물잔을 움직일 수 없습니다."

마지막은 전신훈련이라면서 아오이는 넓은 훈련장을 손가락으로 가리켰다.

"단적으로 말해 술래잡기죠. 저, 아오이와 여기 있는 카나오가 상대입니다. 도망치는 저희를 붙잡으면 승리예요."

"……."

가만히 듣고 있던 젠이츠의 얼굴이 점점 딱딱하게 굳어 갔다.

"실례지만, 잠깐 시간 좀 주시겠습니까?"

"? 뭔가 모르는 거라도?"

"아뇨, 잠시만… 따라와, 너희 둘."

젠이츠는 탄지로와 이노스케를 불렀다.

"안 가."

기운이 없는 이노스케가 나른한 말투로 거절했다. 그러나 젠이츠는 느닷없이 성질을 냈다.

　"잔말 말고, 따라오라고오오오!! 따라와, 이것들아!!"

　험상궂은 얼굴로 소리치고는 두 사람의 목덜미를 붙잡아 훈련장 밖으로 질질 끌고 나갔다.

　"이 죽일 놈들!! 쓰레기 같은 놈들!! 무릎 꿇고 앉아, 무릎 꿇고!! 이 바보 천치들아!!"

　영문도 모른 채 뒤뜰에 나동그라진 것도 모자라 욕까지 얻어먹자 한동안 얌전했던 이노스케도 결국 폭발했다.

　"뭐가 어째? 이 자식이…."

　하지만 말을 다 마치기도 전에 젠이츠의 주먹이 작렬했다. 이노스케는 미처 피하지도 못하고 나가떨어졌다. 역시 번개의 호흡 사용자. 전광석화와도 같은 속도였다.

　"어쩌자고 이러는 거야? 젠이츠!! 이노스케한테 사과해!!"

　말리려는 탄지로의 코에 손가락 끝을 들이밀면서 젠이츠는 더욱더 길길이 화냈다.

　"너나 사과해!! 너희가 사과해!! 천국에 있었으면서 왜 지옥에 있었던 듯한 표정을 지어어어어어?!"

　당최 무슨 소리인지 알 수 없어서 어안이 벙벙한 두 사람 앞에서 젠이츠는 땅바닥을 발로 쿵쿵 구르고, 양팔을 휘두르고, 희번덕거리는 눈으로 침을 튀기며 분노했다.

"여자들이랑 날마다 꺄꺄꺄 우후훗 한 것뿐이면서 왜 그렇게 초췌한 표정을 짓냐고? 무릎 꿇고 사죄해, 할복해!!"

"무슨 헛소리야!!"

"닥쳐, 이 꽉 막힌 앞짱구 범생아!! 닥치고 내 말 들어! 알았어?!"

탄지로의 머리카락을 움켜쥐고 마구 흔들어 댔다.

"여자를 만질 수 있다고!! 몸도 주물러 주고!! 물잔 갖고 놀 때는 손을!! 술래잡기 때는 몸을 만질 수 있어어어어!! 스쳐 지나가면 좋은 냄새도 나고, 그냥 보기만 해도 즐겁잖아!!"

제 분을 못 이긴 젠이츠는 시뻘게진 얼굴로 주변을 폴짝폴짝 뛰어다니기 시작했다. 마치 용수철이 달린 장난감 같았다.

"행복!! 우와아아앙, 행복해!!"

"뜻 모를 소리 좀 그만해!! 자기보다 덩치 작은 놈한테 지면 투지가 똑 부러진다구!!"

아직은 조금 쉬어 있는 목소리로 이노스케가 고함을 질렀다. 젠이츠는 깜짝 놀라며 인상을 썼다.

"어머낫, 불쌍해라!! 이노스케는 여자랑 사이좋게 지내 본

적이 없구나? 산골 촌놈이라! 늦깎이일 수밖에! 아, 불쌍해
라!"

"뭐어어엇?! 나도 새끼 암컷 밟아 본 적 있어!!"

"저질이야, 그건!"

이노스케의 경쟁심에 이상한 방식으로 불이 붙은 듯했다.
엄청나게 기합이 들어간 얼굴로 두 사람은 훈련장으로 돌아갔
다.

'그렇게 부정한 마음으로 훈련하는 건 좋지 않다고 보는데…'

탄지로만 훈련을 시작하기도 전부터 몹시 지쳐 버렸다.

그러나 실제로 젠이츠는 보통 놈이 아니었다.

세 소녀가 양팔, 양다리를 꾹꾹 누르고, 잡아당기고, 비틀면
어떻게 생각해도 격통이 밀려올 텐데 계속 웃어 댔다.

이노스케도 울 정도로 아팠지만 시작하고 끝날 때까지 내
내.

더욱이 약탕 끼얹기 반사훈련에선 아오이를 이기고, 잡은
물잔을 그녀의 코앞까지만 가져가고는,

"난 여자에게 차를 끼얹고 그러지 않아."

라며 폼을 잡았다.

원래라면 이때 "어머나, 젠이츠 씨는 어쩜 이렇게 멋지실까.

214

더욱이
탕약 끼얹기
반사훈련에선
아오이를
이기고,

폼을
잡았다.

난 여자에게
차를 끼얹고
그러지 않아.

소녀들의
눈빛은
까칠했고.

하지만 뒤편에서
얘기할 때
목소리가 하도 커서
다 들렸는지,

상냥하고 신사적이야!"라는 찬사가 터져 나왔을 수도 있겠지만, 유감스럽게도 아까 뒤편에서 얘기할 때 목소리가 하도 커서 다 들렸는지, 소녀들의 눈빛은 까칠했고.

전신훈련인 술래잡기에서도 젠이츠는 멋지게 아오이를 붙잡았지만, 그 틈을 타서 꽉 껴안았다가 그녀에게 얻어맞았다.

하지만 그런 젠이츠의 참가로 인해 지는 걸 싫어하는 이노스케는 단숨에 사기가 올랐다.

어제까지는 연신 지기만 했던 아오이를 상대로 반사훈련과 술래잡기 모두 승점을 따냈다.

그러나 두 사람이 순조로웠던 건 여기까지.

아오이는 이겼어도 카나오만은 도저히 이길 수 없었다.

아무도 그녀의 물잔은 누르지도, 잡지도 못한다.

살포시 미소만 지을 뿐인 카나오에게 일방적으로 당하기만 해서, 결국 세 사람은 오늘도 탕약에 쫄딱 젖은 채로 하루를 마쳤다.

제 10 화 기능 회복 훈련

'…왜 이기지 못하는 걸까….'

탄지로는 오늘도 탕약에 홀딱 젖은 모습으로 훈련장에서 입원 병동으로 통하는 긴 복도를 터덜터덜 걸었다.

그 뒤로 열닷새가 지났다.

아오이는 그럭저럭 이길 수 있게 됐으나, 탄지로는 물론이고 이노스케와 젠이츠 모두 카나오에게는 꼼짝 못 했다. 술래잡기에서도 카나오의 머리카락 한 가닥조차 건드리지 못했다.

지는 데에 익숙지 않은 이노스케는 팩 토라져서 드러누웠고, 젠이츠도 일찌감치 포기하는 태세에 들어서서 고작 닷새

만에 훈련장에 나오지 않게 됐다.

"어쩜 이럴 수가 있어? 그 인간들!!"

아오이는 길길이 화를 냈다.

'두 사람 몫까지 내가 더 노력하자! 그리고 이기는 법을 알려 주는 거야!'

그렇게 결의는 했지만, 그리 간단한 일이 아니었다.

아무리 열심히 노력해도 역시 카나오를 이길 순 없었고, 또다시 열흘이 지나 버렸다.

'분명 같은 시기에 대원이 됐는데 이 차이는 어디서 난 거지?'

탄지로는 골똘히 생각했다.

'우선 반사 속도가 전혀 달라…. 내가 온전한 상태여도 아마 질 거야….'

게다가 냄새부터가 달랐다.

'주들과 비슷한 냄새가 나…. 그리고… 눈인가? 눈이 다른 것 같아….'

"…탄지로 씨. 저기요, 탄지로 씨."

누군가 옷소매를 잡아당겨서 퍼뜩 제정신이 들었다.

돌아보니 언제나 훈련을 도와주는 3명의 소녀가 걱정스러운 얼굴로 서 있었다.

"우왓, 깜짝이야! 미안, 뭘 좀 생각하느라 부르는 줄 몰랐어. 어, 그게….'

분명 이름은 단발머리 아이가 '키요', 양 갈래로 묶은 아이가 '스미', 땋은 머리가 '나호'였을 것이다. 세 사람 모두 10살 정도 되었을까.

"무슨 일이야? 나한테 볼일이라도 있니?'

그녀들의 시선에 맞춰 몸을 숙이면서 탄지로가 묻자, 세 사람은 서로 얼굴을 쳐다보며 머뭇거렸지만, 이윽고 키요가 떨리는 손으로 수건을 내밀었다.

"이거… 써 주세요."

"와아! 고마워, 잘 쓸게! 착하구나.'

웃는 얼굴로 받아 들어서 곧바로 머리와 얼굴을 닦는 탄지로를 세 소녀는 기쁜 듯이 바라봤다. 하지만 얼마 안 있어 키요가 또다시 조심스럽게 입을 열었다.

"저기… 탄지로 씨는 전집중의 호흡을 온종일 하고 계시나요?'

"…응?'

"아침에도, 점심에도, 밤에도, 자고 있는 동안에도 계속 전집중의 호흡을 하고 계시나요?'

"…안 하고 있는데요."

탄지로는 당황했다.

"해 본 적도 없고…. 그런 일이 가능하단 말이야?!"

"네. 그게 되고 안 되고는 천지만큼이나 차이가 난대요."

"전집중의 호흡은 조금만 사용해도 몹시 힘든데… 그걸 하루 온종일…?"

정신이 약간 아득해졌다. 세 소녀는 말을 이었다.

"그걸 할 수 있는 분들은 이미 계세요. 주 여러분이랑 카나오 씨요. 힘내세요."

"그래…?!"

그것이 자신과 카나오의 결정적 차이였음을 깨닫고 탄지로는 눈을 부릅떴다.

"고마워. 한 번 해 볼게!!"

라고 말은 했으나….

"전혀 못 하겠다! 못 하겠어!!"

탄지로는 마당에 주저앉았다.

전집중의 호흡을 오래 하려고 들면 죽을 것 같았다. 너무 괴로웠다.

'폐가 아파! 귀가 아파! 귀가 펄떡펄떡 뛰고 있어!! 고막이…'

"앗!!"

저도 모르게 양손으로 자신의 귀를 꾹 눌렀다.

"깜짝이야!! 방금 순간적으로 심장이 귀로 뛰어나온 줄 알았네!!"

냉정히 생각해서 그런 일이 일어날 리가 없지만, 그 정도로 고된 훈련이었다.

몸 전체가 심장이 된 것처럼 두근거리고, 숨 쉬는 것도 괴롭고 안 괴롭고를 따질 단계를 훌쩍 넘어섰다.

'완전 글러먹었어, 이런 식으론…'

곤란할 땐 기본으로 돌아가라! 탄지로는 숨을 가다듬으면서 눈을 꼭 감았다.

'호흡은 폐야. 이걸 제대로 할 수 없다는 건 폐가 빈약한 거야.'

우로코다키 밑에서 매일 수행했던 기초 단련을 떠올렸다.

'좀 더 일찍 일어나서 달리기를 하자. 그리고 숨 참는 훈련도….'

몸을 완전히 기초부터 단련해야만 한다. 자고로 급할수록 돌아가라고 했다.

'노력하자!! 난 옛날부터 노력하는 것밖에 못 했으니까. 노력은 하루하루 켜켜이 쌓아 가는 거야. 조금씩이라도 좋으니 앞으로 나아가자!!'

"네!!"

스스로 기합을 불어넣고 단련에 힘쓰는 탄지로를 마당 구석에서 세 소녀가 방실방실 웃으며 지켜보고 있었다.

"…호리병을 불어?"

그 뒤로 틈만 나면 요깃거리를 챙겨 주는 세 소녀가 오늘은 주먹밥과 함께 호리병 2개를 가져왔다.

"네. 카나오 씨를 훈련시킬 때 시노부 님은 종종 호리병을 불도록 시키셨어요."

키요가 말했다. 탄지로는 주먹밥을 맛있게 먹으며 웃었다.

"호오. 재미난 훈련이네? 막 소리도 나고 그러나?"

"아뇨. 불어서 호리병을 파열시켰어요."

"호오… 어?"

파열…?

"어? 이거? 이걸?"

탄지로는 저도 모르게 호리병을 만지작거렸다.

"이거 단단한데?"

"네. 심지어 이 호리병은 특수한 거라 일반적인 호리병보다도 단단해요."

"…이렇게 단단한 걸 그렇게 마른 여자애가?!"

언제나 생글생글 웃고 있는 카나오의 귀여운 얼굴을 떠올린 탄지로는 창백해졌다.

심지어 키요는 더욱더 무서운 이야기를 했다.

"갈수록 호리병을 크게 키워 나가고 있는 것 같아요. 지금 카나오 씨가 파열시키고 있는 건 이 호리병이죠."

다다미방 안쪽에서 나호와 스미가 질질 끌고 온 것은.

그녀들의 몸과 거의 비슷한, 어마어마하게 큰 호리병이었다.

"크…다!!"

탄지로는 말문이 막혔다. 하지만 여기서 좌절하면 사나이 체면이 말이 아니다.

'히… 힘내자!!'

달빛이 나비 저택의 지붕을 환하게 비추는 밤.

탄지로는 병실을 나와 그 지붕 위에 가부좌를 틀고 앉아 조용히 명상 중이었다.

'됐다. 체력이 많이 돌아왔어…. 그리고 예전보다 더 잘 뛰고, 폐도 강해졌다. 느낌이 좋아….'

그 이후로 열닷새가 더 지났다. 꾸준히 기초 단련을 계속한 효과가 조금씩 보이기 시작했다.

'초조해하지 말자…. 낮에는 뛰어다니고 빠른 동작으로 폐를 혹사시켰으니 지금은 천천히… 천천히 깊이 호흡하며 손가락 끝까지 공기를 순환시키는 거야….'

후-우-우-우-우… 후-우-우-우-우… 하는 숨소리가 울려 퍼졌다.

전집중의 호흡의 기초를 한 번 더 몸에 새기는 것이다.

'명상은 집중력을 높여 준다…. 우로코다키 씨도 그러셨어…. 우로코다키 씨….'

텐구 가면을 쓴 스승의 얼굴을 머릿속에 그리자, 그 옆으로 오뚝이 가면을 쓴 또 한 명의 인물이 떠올랐다….

그는 탄지로의 일륜도를 제작한 도공인 하가네즈카였다.

상상 속의 하가네즈카가 품속의 식칼을 슬쩍 드러내 보였다.

'감히 부러뜨렸겠다? 내 칼을…'

'죄송합니다….'

반사적으로 사과하고 말았다.

'엄청 화나셨겠지, 하가네즈카 씨…. 지금 칼을 다시 벼려 주고 계시는데… 정말 죄송하다….'

미안한 걸 따지자면 타마요에게도 면목이 없었다. 기껏 십 이귀월과 싸우고도 약속했던 피를 채취하지 못했다.

'심부름하는 고양이가 요전에 질책하듯 날 쳐다봤어….'

점점 정신이 산만해져서 탄지로는 고개를 절레절레 저었다.

'집중! 집중이다!'

"여보세요."

'호흡에 집중…!!'

"여보세요~"

갑자기 등꽃 향기가 풍겨 왔다.

"네엣?!"

고개를 드니 눈앞에, 숨결이 닿을락 말락 한 가까운 거리에 아름다운 여성의 얼굴이 있었다.

"열심히 하고 있군요."

이 저택의 주인, 코쇼우 시노부가 탄지로의 얼굴을 들여다 보고 있었다.

그 부드러운 목소리. 제비꽃 색의 눈동자. 젠이츠라면 기절 했을지도 모른다. 탄지로조차도 거리가 너무 가까워서 얼굴이 새빨개졌다.

"친구 둘은 어딘가로 가 버렸는데. 혼자서 외롭지 않아요?"

시노부는 그렇게 말하면서 탄지로 옆에 앉았다.

"아뇨! 할 수 있게 되면 방법을 알려 줄 수 있으니까요!!"

당황스러워하면서도 그리 대답하자 시노부는 미소를 방긋 지어 보였다.

"…당신은 마음이 참 곱군요."

그 말을 마치고 시노부는 달을 올려다봤다.

습기를 약간 머금은 바람이 밤 냄새를 실어 오는 가운데 침묵이 흘렀다.

탄지로는 긴장한 채로 입을 열었다.

"…저어, 우릴 왜 여기로 데려와 주신 건가요?"

"네즈코 씨의 존재가 공인받았고, 여러분은 부상도 심했으니까요."

시노부는 그렇게 말하고는 탄지로에게서 고개를 슥 돌렸다.

"그리고… 당신에겐 내 꿈을 맡겨 보려고."

"꿈?"

"네."

시노부는 다시 웃었다.

"도깨비와 사이좋게 지내는 꿈이요. 당신이라면 분명 할 수 있을 테니까."

그때, 탄지로의 코는 시노부에게서 피어오른 희미한 냄새를 포착했다.

"저기… 화나셨어요?"

그렇게 묻자, 시노부의 안색이 바뀌었다. 탄지로는 다급히 설명을 덧붙였다.

"왠지 늘 화나 있는 냄새가 나서요…. 계속 미소 짓고 있는데도…."

"……."

시노부는 잠시 동안 말이 없었다. 생각을 정리하고 있는 듯한 옆모습이었다.

그리고 천천히 입을 열었다.

"응…. 그래요. 난… 늘 화가 나 있는 건지도 몰라요."

시선을 떨구고, 자신의 무릎에 얹어 놓은 손끝을 응시했다.

"사랑하는 언니가 도깨비에게 참살당한 순간부터, 도깨비에게 소중한 이를 빼앗긴 사람들의 눈물을 볼 때마다… 절망에 찬 절규를 들을 때마다… 내 안에선 분노가 계속 축적되고 부풀어 가고 있죠."

시노부의 목소리에는 감정이 없었다. 그저 고요하기만 했다.

"몸속 가장 깊은 곳에 구제할 길 없는 혐오감이 자리하고 있어요. 분명 다른 주들도 비슷할 거예요."

귀살대 대원의 대부분은 도깨비 때문에 사랑하는 이를 잃었다. 하물며 고통스러운 수련을 버티고 몇 차례나 사선을 넘어서 주 자리에까지 올라간 자들은 그러는 동안 처참한 현장을 셀 수 없을 만큼 목격해 왔을 것이 분명했다.

지금 시노부는 주합재판 때 주들이 보였던 태도를 이해해 달라는 의미에서 이런 말을 하는 것이리라.

"뭐, 그들도 이번에는 사람을 잡아먹은 적 없는 네즈코 씨를 직접 보고 기척을 알게 되었고, 큰 어르신의 의향도 있어 아무도 건드리지 않겠지만."

시노부는 고개를 들어 달을 올려다봤다.

"…내 언니도 당신처럼 착한 사람이었어요. 도깨비를 동정했죠. 자신이 죽는 그 순간까지도 도깨비를 가여워했어요."

시노부에게서 깊은 슬픔, 그리움, 분노가 뒤섞인 복잡한 냄새가 피어오르는 것을 느껴서 탄지로는 입술을 깨물었다.

"난 도저히 그런 식으로 생각할 수 없었어요. 사람을 죽였는데 뭐가 불쌍해? 그런 바보 같은 얘기가 또 어디 있다고?"

가냘픈 한숨소리.

"하지만 그게 언니의 바람이었다면 내가 물려받아야죠. 불쌍한 도깨비를 베지 않고도 넘어갈 방법이 있다면 계속 생각해 봐야죠. 언니가 좋아한다고 말해 준 미소를 끊임없이 띠우며…."

시노부는 어깨를 축 늘어뜨렸다.

"그런데 이젠 좀… 지쳐서."

포기와 초조함의 냄새.

"도깨비는 거짓말만 하니까요. 자신의 보신을 위해…. 이성도 없애고, 노골적인 본능에 따라 사람을 죽이죠…."

그렇게 중얼거리고는 깊은 한숨을 푹 내쉰 뒤에 시노부는 일어났다.

"탄지로, 힘내세요. 부디 네즈코를 끝까지 지켜 내세요."

불어 온 바람이 시노부의 머리카락을 흐트러뜨려서 그 옆얼굴을 가렸다. 탄지로가 앉은 자리에서는 그녀가 어떤 표정을 짓고 있는지 알 수 없었다.

"나 대신에 당신이 노력해 주고 있다고 생각하면 안심이 되니까… 마음이 편안해지니까."

말을 마치는 동시에 시노부의 모습은 사라졌다.

그 자리에는 어렴풋한 슬픔의 냄새만 남았다.

"…노력할게요."

탄지로는 다시금 결의를 다지며 말했다.

"탄지로 씨, 힘내세요!"

세 소녀의 성원이 쏟아졌다.

훈련장의 마룻바닥 위에서 탄지로와 카나오의 술래잡기가 이어졌다.

타다다다다… 하고 발소리가 울려 퍼졌다. 하얀 망토를 휘날리면서 종횡무진으로 도망쳐 다니는 카나오를 탄지로가 필사적으로 쫓았다.

'쫓고 있다!! 저 아일 제대로 쫓고 있어!! 따라가고 있어!!'

그 이후로 열흘이 더 지났다.

자는 동안에도 전집중의 호흡을 계속하기 위해서, 탄지로는 세 소녀에게 혹시나 자신이 평소 호흡으로 돌아가면 이불털이로 패 달라고 부탁하는 고육책을 사용했다. 그리하여 몇 번이나 잠자다 두들겨 맞은 끝에, 밤새도록 전집중의 호흡을 유지하는 데 성공했다.

그 거대한 호리병도 간신히 파열시킬 수 있었다.

'기합을 힘들게 넣지 않으면 아직은 온종일 전집중의 호흡은 할 수 없지만, 전집중의 호흡을 오래 할 수 있게 되면 될수록 기초 체력이 높아진다.'

탄지로의 몸은 변했다. 탄지로 본인에게도 그게 확연히 느껴졌다.

'빨리 칼을 휘두르고 싶다! 이 손으로! 일륜도를!!'

쭉 뻗은 손이 마침내 탄지로의 손목에 닿았다!

잡았다! 드디어 붙잡았다!

"와아!!"

세 소녀가 폴짝폴짝 뛰면서 기뻐했다.

다음은 물잔을 이용한 반사훈련이다.

눈에 보이지도 않는 속도로 탄지로와 카나오의 양손이 물잔 위를 날아다녔다.

"멋진 승부예요! 힘내세요!"

보인다. 똑똑히 보인다. 빠르게 움직이는 카나오의 손을 눈으로 따라갈 수 있었다.

'으아아아아아!! 긴장 풀지 마!! 할 수 있어어어어엇!! 으아아아!!'

뽑았다! 카나오의 손을 헤치고 탄지로의 손이 먼저 물잔을 들어 올렸다!

'간다앗!'

이대로 이 약탕을 카나오에게 끼얹으면 탄지로의 승리다!

그러나 그 순간, 탄지로의 머릿속 한구석에서 이성이 속삭였다.

'그 약탕, 구린내 나. 끼얹으면 불쌍해.'

퍼뜩 놀라서 순간적으로 탄지로는 물잔을 카나오의 머리 위에 톡 올려놨다.

어리둥절한 카나오와 제정신이 들어서 그 자리에 굳어 버린 탄지로.

"이겼다!!"

먼저 만세를 부른 건 세 소녀였다.

"이긴 건가?"

"끼었는 거나, 머리에 올리는 거나, 마찬가지니까!"

"탄지로 씨가 해냈어!!"

세 사람이 춤을 추면서 탄지로 주위를 빙글빙글 돌았다.

화기애애한 그 광경을 훈련장 입구에서 누군가가 엿보고 있었다.

물론 젠이츠와 이노스케였다.

이쯤 되니 큰일 났다고 위기감을 느꼈으리라. 젠이츠와 이노스케는 다음 날부터 겨우 훈련장에 나타났다.

그러나 이노스케는 여태 뒷산에서 놀기만 했고, 젠이츠는 살금살금 도망 다니면서 식량 창고를 뒤지거나 문병 선물로 들어온 과자를 훔쳐 먹었기 때문에, 완전히 질려 버린 아오이는 그들을 포기하고 절대로 훈련을 도와주지 않았다.

그 대신 탄지로가 성심성의껏 자신이 터득한 방법을 가르쳐 줬지만, 좀처럼 몸에 익지 않아 난감했다.

"우리는 정말 글러 먹었구나…."

두 사람은 시무룩하게 훈련장 구석에 주저앉았다.

"노력하는 건 쥐약이야…. 밋밋하게 차근차근 해 나가는 게 제일 힘들어…."

젠이츠는 곧바로 우는소리를 했다.

사실 이건 두 사람만의 잘못이 아니었다. 탄지로의 설명도 많이 부족했기 때문이다. 자신이 체감한 것을 언어화해서 타인에게 전달하는 실력이 냉정하게 말해서 심각하게 서툴렀다.

하지만 풀이 죽은 두 사람은 그것조차 알아차리지 못한 것 같았다.

그곳에 코쵸우 시노부가 훌쩍 나타났다.

"어머나, 둘 다 왜 그러고 있어요? 벌써 포기했나?"

시노부는 평소처럼 미소를 지으며 두 사람을 훑어봤다.

"탄지로가 터득한 건 '전집중 상중(常中)'이라는 기술이에요. 전집중의 호흡을 하루 온종일 계속 함으로써 기초 체력이 비약적으로 껑충 뛰어오르죠."

그렇게 이야기하면서 이노스케 앞으로 다가갔다.

"이건 기초적인 기술이랄까, 초보적인 기술이라 당연히 할 수 있어야 되는 거지만, 터득하려면 상당히 큰 노력이 필요해요."

시노부는 당연히 할 수 있어야 된다는 말을 거듭 강조하고는 이노스케의 얼굴을 들여다봤다.

"하는 수 없죠, 못 한다면. 어쩌겠어요, 방법이 없지."

생글생글 웃으면서 어깨를 토닥이자 이노스케는 버럭 화를 냈다.

"뭐어엇?! 해낼 거야, 당연히!! 사람 깔보지 마!"

멧돼지 머리의 콧구멍으로 거친 콧김을 푸슉! 내뿜으면서 이노스케는 느닷없이 밖으로 달려 나갔다.

시노부는 이어서 젠이츠에게 다가갔다. 그리고 거침없이 그의 손을 양손으로 꼭 쥐었다.

"힘내세요, 젠이츠. 제일 응원하고 있어요."

"네, 넵!!"

젠이츠 역시 새빨개진 얼굴로 그 자리에서 펄쩍 뛰어오르더니, 이노스케의 뒤를 쫓아갔다….

시노부의 가르침이라기보다는 꼬드김에 보기 좋게 넘어간 두 사람은 그날로부터 아흐레 뒤에 전집중 상중을 터득하고야 말았다.

탄지로와 이노스케는 설레는 마음으로 나비 저택 대문 앞에 서 있었다.

이제 곧 새로 벼린 일륜도가 도착한다고 방금 전에 꺾쇠 까마귀가 알려 준 것이다.

"앗, 오셨다! 하가네즈카 씨야!"

맞은편에서 두 사람이 이쪽을 향해 오는 중이었다. 그중 한쪽이 머리에 깊숙이 눌러쓴 것은 가장자리에 풍경 여러 개가 달린 삿갓. 탄지로의 담당 도공, 하가네즈카가 틀림없었다.

"여기요. 여기요. 하가네즈카 씨!!"

탄지로는 손을 크게 흔들었다.

"오랜만이에요! 잘 지내셨…죠…?"

말을 다 마치기도 전에 손이 멈췄다.

하가네즈카가 함께 온 일행과 뭔가 이야기하는 것 같더니 갑자기 무시무시한 속도로 이쪽을 향해 달려왔다.

그의 손에는… 식칼이 쥐어 있었다!

"끼야아아악!"

간발의 차로 피한 탄지로를 돌아보면서 하가네즈카는 소리쳤다.

"감히 부러뜨렸겠다? 내 칼을! 감히. 감히이이이!!"

"죄송해요!! 하지만 정말로, 그때… 저도 진짜로 죽을 뻔했고! 상대도 너무나 강해서…."

"그건 아니지! 그게 뭔 상관? 네가 잘못한 거야!! 전부
네 탓이라고!"

하가네즈카는 탄지로의 뺨을 손가락으로 죽어라 찔러 댔다.
거의 꿰뚫을 기세였다.

"네가 약해서 칼이 부러진 거야! 그게 아니고서야 내 칼이
왜 부러져?!"

"죽여 버리겠어!!"라고 악을 쓰는 하가네즈카에게서 탄지로
는 약 1시간을 쫓겨 다니고 말았다.

"하가네즈카 씨는 워낙 정열적인 분이라서. 남들 두 배로 칼
을 사랑하시죠."

간신히 진정한 하가네즈카와 함께 나비 저택의 객실로 안내
받은 또 한 명의 도공은 카나모리라는 이름이었다.

하가네즈카와 마찬가지로 카나모리도 오뚝이 가면을 쓰고
있었다. 혹시 일륜도 도공은 모두 그런 것일까.

"이노스케 님의 칼을 벼렸답니다. 싸움에 도움이 된다면 기
쁘겠어요."

카나모리는 온화한 성격 같았다. 등에 지고 있던 상자에서
일륜도 두 자루를 꺼내 이노스케에게 건넸다.

이노스케가 전에 사용했던 칼은 그가 자란 산에 들어온 귀살대원에게 싸움을 걸어서 빼앗은 것이었던 터라, 정확히 말하자면 그 자신의 칼이 아니었다.

일륜도는 처음으로 칼자루를 잡아 칼집에서 뽑아 낸 검사의 특성에 맞춰서 색깔이 변한다. 이노스케가 새로운 칼을 양손으로 쥐는 것을 카나모리는 물론, 탄지로와 하가네즈카도 기대감에 차서 지켜봤다.

봉황을 새겨서 우아하고 고급스러워 보이는 날밑이 달린 칼은 밑동부터 서서히 푸른빛이 도는 회색으로 변해 갔다.

"아아, 아름답네요. 청회색이 은은하게 빛나는… 중후한 빛깔이에요. 칼다운 좋은 색깔이고."

카나모리는 만족스러운 말투로 말했다.

"손에 쥐어 본 느낌은 어떤가요? 사실 전 이도류를 사용하는 분께 칼을 만들어 드리긴 처음이라…."

"잘됐네요. 이노스케의 칼은 이가 심하게 나가 있었는데…."

탄지로도 기뻐 보였다.

그런데 어째선지 이노스케는 그 두 자루의 칼을 쥔 채로 툇마루에서 마당으로 내려가더니, 땅바닥에 주저앉아 근처에 굴러다니던 돌멩이를 주워들었다.

"……? 이노스케 님?"

그리고 별안간 이노스케는 그 돌멩이로 칼날을 세게 내리쳤다!

"?!"

아연실색하는 세 사람 앞에서 너덜너덜하게 이가 나간 칼을 치켜들고는, 흡족한 듯이 "됐다!"라며 고개를 끄덕이는 이노스케. 이번에 분노한 건 당연히 카나모리였다.

"죽여 버릴 거야, 이 썩을 놈의 자식!!"

"죄송합니다, 죄송합니다!!"

이노스케에게 달려들려는 도공을 필사적으로 말리는 탄지로였다….

디잉… 하고 비파 소리가 울렸다.

그 순간 카마누에는 생전 처음 보는 장소에 서 있었다.

'?! ?! ?!'

카마누에는 도깨비다. 키부츠지 무잔의 직속 부하인 십이귀월 중 하나, 하현6이었다.

방금 전까지 자신은 거리를 거닐고 있었을 터. 그런데 왜?

'뭐지? 여긴….'

거대한 건물 안이었다. 아니, 이건 건물이라고 볼 수 있을까?

벽과 바닥, 천장 모두 뒤죽박죽이었다. 마치 건물 여러 채를 산산이 부순 다음 전후좌우도 고려하지 않고 아무렇게나 쌓아서 조립한 것 같았다.

복잡하게 뒤얽힌 각 층은 몇 개나 되는 계단들로 연결되어 있었다. 난간과 격자문, 다다미 바닥과 마룻바닥, 맹장지와 명장지가 온갖 평면을 장식하고 있었다.

그 건물은 무한대로 펼쳐져서 끝이 보이지 않았다.

디잉… 하고 또다시 비파 소리가 울려 퍼졌다.

카마누에는 소리가 난 방향을 쳐다봤다.

벽 일부에서 툭 튀어나온 나무판 위에 머리카락이 긴 여자가 앉아 있었다. 여자가 비파를 튕길 때마다 이 기묘한 건물은 형태가 달라졌다.

'저 여자의 혈귀술인가? 저 여자를 중심으로 공간이 비틀려 있는 것 같아….'

이윽고 비파 소리와 함께 갑자기 여기저기서 사람 그림자가 나타났다.

이 안에서는 중력조차도 뒤틀려 있는지, 카마누에 쪽에서 봤을 때 천장에 거꾸로 서 있는 자나, 벽에서 쑥 돋아난 것처럼 보이는 자도 있었다.

아마 그들에게는 카마누에가 그렇게 보일 것이다.

그들 역시 모두 갑작스러운 소환에 놀라서 무척 당황한 기색이었다. 그들 한 명, 한 명의 얼굴을 확인한 카마누에는 숨을 삼켰다.

양장을 갖춰 입은 단정한 얼굴의 남자는 하현1, 엔무.

승복 차림의 수염 난 남자는 하현2, 로쿠로.

이마와 양 볼에 십자 모양 흉터가 있는 남자는 하현3, 와쿠라바.

이마에 뿔 2개가 있는 여자는 하현4, 무카고.

'십이귀월의 하현만 소집되었다…. 이런 일은 처음인데. 하현5는 아직 안 왔구나….'

카마누에가 기억하기로 하현5는 거미 혈귀술을 쓰는 어린아이였다. 그분께서 특히 아끼던 아이.

디잉… 하고 비파 소리가 또 울렸다.

다음 순간, 분명 뿔뿔이 흩어져 있던 다섯 도깨비는 한 자리에 집합하게 됐다.

어리둥절해서 주변을 둘러보는 5명 앞에 서 있는 건 처음 보는 여자 도깨비.

검은 기모노와 붉은 입술. 키가 크고 아름다운 여자였다.

'누구지?'

"고개를 낮추고 몸을 수그려라. 납작 엎드려."

여자가 입을 열었다. 그 목소리는.

'무잔 님!'

5명은 일제히 그 자리에 엎드렸다.

"죄, 죄송합니다. 생김새도, 기운도 전혀 다르셔서⋯."

하현4가 떨리는 목소리로 말했다.

"누가 말해도 된다고 했지? 네놈들의 시답잖은 의지로 주둥이를 놀리지 마라. 내가 물어본 것에만 대답해."

무잔의 목소리에는 강한 초조함이 스며 있었다.

"루이가 죽었다. 하현5가."

무잔은 5명의 하현들을 둘러봤다.

"내가 묻고 싶은 건 딱 한 가지다. '어째서 하현 도깨비들은 그토록 약한 것인가'."

십이귀월은 상현과 하현으로 나뉘어져 있다.

순서로는 상현1, 2, 3, 4, 5, 6. 그 밑으로 하현1, 2, 3, 4, 5, 6.

"십이귀월에 들어왔다고 해서 끝난 게 아니야. 거기서부터 시작이지. 더 많은 인간을 잡아먹고, 더더욱 강해져서 내게 도

누구지?

고개를
낮추고
몸을
수그려라.

납작
엎드려.

움을 주기 위한 시작."

상현 도깨비는 한쪽 눈에 '上弦(상현)', 다른 한 눈에 '壹(1)', 이렇게 양쪽 눈에 글자가 새겨지지만, 하현 도깨비들은 한쪽 눈에만 하1, 하2 등이 새겨져 있고, 상현 도깨비들에겐 멸시당했다.

"지난 백년 남짓 하는 세월 동안, 십이귀월의 상현들은 바뀌지 않았다. 도깨비 사냥꾼의 주들을 매장해 온 것도 늘 상현 도깨비들이고. 그런데 하현은 어때? 몇 번이나 갈렸지?"

'우리한테 그런 걸 따져 봤자….'

식은땀을 흘리면서 카마누에는 속으로 혀를 찼다.

"'우리한테 그런 걸 따져 봤자'… 뭐? 말해 봐."

"?!"

생각을 읽혔다. 카마누에는 이를 꽉 깨물었다.

'큰일 났다….'

"뭐가 큰일 났는데? 말해 봐."

다음 순간, 무잔의 왼팔이 주욱 늘어났다. 순식간에 부풀어 올라서 꿈틀꿈틀 몸을 비트는 구렁이처럼 변한 팔은 카마누에의 몸을 휘감아 공중에 높이 들어 올렸다.

"용서해 주십시오! 키부츠지 님, 제발! 제발 자비를!"

거꾸로 매달린 카마누에는 울부짖었다. 그러나 무잔은 눈썹 하나 까딱하지 않았다.

팔 중간에서 갈라져 나온 살덩어리가 날카로운 엄니가 돋아난 입을 벌려서 카마누에를 물어뜯었다.

뼈가 으스러지는 소리가 울려 퍼지고, 남은 4명의 하현 도깨비들 위로 피가 비처럼 쏟아졌다.

"나보다도 도깨비 사냥꾼이 더 무서우냐?"

무잔은 이번엔 하현4 무카고 쪽을 쳐다봤다. 이마에 뿔이 달린 여자 도깨비는 창백해진 얼굴로 고개를 저었다.

"…아뇨!"

"넌 항상 도깨비 사냥꾼의 주들과 조우한 경우엔 도망쳐야겠다고 생각하더구나."

"아뇨, 그렇지 않습니다!! 전 당신을 위해 목숨 걸고 싸우고 있어요!"

필사적으로 호소하는 무카고의 말은 또다시 무잔의 역린을 건드렸다.

"넌 내 말을 부정하는 것이냐?"

구렁이 같은 팔이 꿈틀거리더니 무카고를 찌부러뜨렸다.

공포에 휩싸인 하현3 와쿠라바가 별안간 도망쳤다. 피범벅이 된 바닥을 박차서 공중으로 날아올라, 좌로 우로 정신없이 도약하면서 이 광대한 무한성 내부를 질주했다.

그러나 물론 그것은 소용없는 짓이었다.

끝까지 도망쳤다고 생각한 순간, 와쿠라바의 머리는 이미 몸에서 잘려 나간 뒤였다.

제자리에서 한 발짝도 움직이지 않았건만, 어느샌가 무잔의 손에는 와쿠라바의 머리가 들려 있었다.

"이제 십이귀월은 상현만 있어도 될 것 같다. 하현 도깨비들은 해체한다."

눈앞에 남은 두 사람, 하현1과 2를 응시했다.

"마지막으로 뭔가 남길 말은?"

"전 아직 도움이 되어 드릴 수 있습니다! 조금만 더 유예 기간을 주시면, 반드시 도움이!"

먼저 외친 건 2인 로쿠로였다. 무잔은 눈을 가늘게 떴다.

"구체적으로 어느 정도나 유예 기간을? 넌 어떤 도움을 줄 수 있지? 지금의 네 힘으로 어느 정도의 일을 할 수 있겠느냐?"

"피를…!! 당신의 피를 나눠 주시면! 제가 반드시 '피에 순응'해 보이겠습니다! 보다 강력한 도깨비가 되어 싸우겠습니다!!"

"어째서 내가 네 지시에 따라 피를 나눠 줘야 되지? 몹시 뻔뻔하구나. 네 주제를 알아야지."

무잔의 아름다운 얼굴에 혈관이 불룩불룩 튀어 나왔다. 로쿠로는 황급히 변명했다.

"아닙니다! 아닙니다! 저는…."

"닥쳐라. 아니긴 뭐가 아니야? 난 전혀 틀리지 않았어. 모든 결정권은 나에게 있고, 내가 하는 말은 절대적이다. 네게 부정할 권리는 없어. 내가 '옳다'고 말한 게 '옳은' 거야."

무잔의 손이 천천히 올라갔다.

"넌 감히 나에게 지시를 내렸다. 죽어야 마땅해."

피가 사방에 튀었다. 이미 로쿠로의 모습은 없었다.

새빨간 연못처럼 변한 마룻바닥에 하현1만 남겨졌다.

그런데도 멋스러운 연미복을 입은 하현1 엔무는 겁먹은 기색도 없이 황홀하게 무잔의 얼굴을 올려다보고 있었다.

"마지막으로 남길 말은?"

무잔이 한 번 더 물었다. 엔무는 "글쎄요."라고 말하며 뺨을 붉혔다.

"전 마치 꿈을 꾸는 기분입니다. 당신께서 직접 죽여 주시겠다니. 다른 도깨비들의 단말마를 들을 수 있어 즐거웠고, 행복했습니다. 남의 불행이나 고통을 보는 게 너무 짜릿해서… 꿈까지 꿀 정도로 좋아하거든요."

두 손을 모아 기도하듯이 무잔을 우러러봤다.

"절 끝까지 남겨 주셔서 감사합니다."

무잔은 그의 말을 잠자코 듣고 있었지만, 곧 그 구렁이 같은 팔을 서서히 엔무에게로 뻗었다. 손끝에 돋아난 엄니가 엔무의 목에 꽂혔다.

"마음에 들었다. 내 피를 듬뿍 나눠 주마."

몸에 주입된 무잔의 피 때문에 엔무는 고통스러워하며 바닥을 굴렀다.

"단, 너는 이 피의 양을 끝내 견디지 못하고 죽을 수도 있어. 하지만 '순응'한다면, 더 큰 힘을 손에 넣겠지. 그리고 내게 도움이 되어라."

마구 몸부림치는 하현1을 내려다보면서 무잔은 말했다.

"도깨비 사냥꾼의 주들을 죽여."

엔무는 쿨럭거리고 몸을 움찔움찔 떨면서도 차츰 조용해졌다. 보아하니 살아남은 모양이다.

"그리고 **귀에 화투 같은 장식을 단 도깨비 사냥꾼**을 죽이면 피를 좀 더 나눠 주마."

무잔의 뒤에서 대기 중이던 비파녀가 채를 들고 현을 튕겼다.

그 순간, 엔무가 누워 있던 바닥이 갑자기 명장지로 바뀌더니 좌우로 벌컥 열렸다. 엔무는 그 문을 통해 수직으로 낙하했다.

떨어진 곳은 어느 골목길이었다.

머리 위에서 명장지가 닫히고, 흔적도 없이 사라졌다.

인적이 없는 한밤중의 골목길에 나동그라진 채로 엔무는 목을 마구 긁었다.

'뭐지, 뭔가 보인다….'

무잔의 피와 함께 기억이 흘러들어왔다.

바둑판무늬의 두루마기를 걸친 도깨비 사냥꾼 소년. 이마에는 붉은, 불꽃 같은 흉터.

그의 귀에는 화투 같은 일륜 문양의 귀고리가 흔들렸다.

"도깨비 사냥꾼의 '주'들과… 이 아이를 죽이면 피를 더 받을 수 있어…."

꿈같은 기분이라며 엔무는 숨이 넘어가도록 웃고 또 웃었다.

"자, 아앙."

나비 저택의 의무실에서 시노부가 탄지로의 얼굴을 들여다
봤다.

"아앙."

탄지로의 입의 움직임을 확인한 시노부는 "응."이라며 고개
를 끄덕였다.

"턱은 문제없네요. 칼도 도착했으니 슬슬 다음 지령이 내려
오겠죠. 앞으로도 힘내세요."

"네! 감사합니다!"

자리에서 일어나려던 탄지로는 "참." 하고 질문을 떠올렸다.

"시노부 씨. 한 가지 여쭤보고 싶은 게 있는데…."

"뭔데요?"

"'히노카미 카구라'라고 들어 본 적 있으세요?"

"없는데요."

일도양단이었다. 탄지로는 초조해졌다.

"?! 네? 앗. 그, 그럼, 그럼 불의 호흡 같은 건⋯."

"없습니다."

"에에에에엑."

주라면 뭔가 알고 있을 게 틀림없다고 믿었던 탄지로는 기대가 어긋나자 그 자리에 주르륵 주저앉았다. 일단은 처음부터 사정을 설명했다.

"오호라. 무슨 이유인지 카마도의 아버지는 불의 호흡을 사용했고, 불의 호흡 사용자에게 물어보면 뭔가 알 수 있을지도 모른다?"

시노부는 "흐음, 흐음." 하고 고개를 끄덕였다.

"'불의 호흡'은 없지만, '화염의 호흡'은 있어요."

"? ?? 똑같은 것 아닌가요?"

탄지로가 되묻자, 시노부도 조금 난감해하면서 고개를 갸웃거렸다.

"나도 자세한 건 잘 몰라서⋯ 미안해요. 하지만 그 부분은 호칭이 엄격해서. '화염의 호흡'을 '불의 호흡'이라 불러선 안 된답니다."

"에엑⋯ 어째서지⋯."

"자세한 건 염주인 렌고쿠 씨에게 물어보면 되지 않을까요?"

탄지로는 주합재판 때의 일을 떠올렸다.

"렌고쿠 씨…. 머리카락 색이 화려한 분 맞으시죠? 굉장히 시원시원하게 말씀하시는…."

"맞아요. 다만 지금은 분명 임무를 수행하러 갔으니까…. 까마귀에게 부탁해 볼게요. 답변이 오려면 시간이 좀 걸리겠지만."

"와, 고맙습니다. 잘 부탁드릴게요."

탄지로는 시노부에게 인사를 하고 의무실을 나섰다. 그대로 입원 병동을 향해 갔다.

그러자 복도 모퉁이의 반대편에서 체격이 큰 젊은 남자가 불쑥 나타났다. 탄지로는 서둘러 반 발짝 정도 옆으로 피했지만, 남자는 비킬 기미가 전혀 없었다. 그대로 몸을 부딪치고는, 심지어 꾹 밀치면서 탄지로의 옆을 지나쳐 갔다.

'어라? 방금 저 사람은….'

오른쪽 뺨에 커다란 흉터. 머리 양옆을 짧게 깎고, 정수리부터 뒷머리만을 남긴 특징적인 머리 모양. 매서운 눈매.

'최종 선별 때…!!'

후지카사네산에서 치른 최종 선별에서 살아남은 동기는 5명. 먼저 산을 내려간 이노스케와 탄지로, 젠이츠와 카나오.

그리고 마지막 한 명은.

'안내역인 백발 소녀를 때렸던….'

일륜도에 유난히 집착해서 지금 당장 내놓으라며 여자아이를 때렸고, 보다 못한 탄지로가 끼어들어서 말렸던 바로 그때의 남자였다.

'단기간에 체격이 엄청 불었구나….'

분명 당시에는 키와 몸집이 탄지로와 거의 비슷했다. 하지만 지금은 머리 하나 정도나 차이가 났다. 아직 몇 달밖에 지나지 않았는데.

'근데 뭐지? 냄새가….'

그때 그 남자인 것은 틀림없지만, 냄새에 위화감이 느껴졌다. 뭐지?

그렇게 생각하는 사이에 남자는 훌쩍 멀어지고 말았다. 탄지로는 남자를 향해 우렁차게 외쳤다.

"오랜만이야! 건강해 보여서 다행이다!!"

그러나 남자는 뒤돌아보지도 않은 채 반대편 끝으로 사라졌다.

뒤뜰에서 세탁한 시트를 바지랑대에 널고 있던 아오이는 뒤돌아서 탄지로를 바라봤다.

"그래요? 벌써 떠나시는군요."

"응. 다음 지령이 내려왔어. 오늘 저녁에는 여길 떠나."

"비록 짧은 기간이었지만 같은 시간을 공유할 수 있어서 참 좋았습니다. 힘내세요."

이걸로 작별 인사를 마쳤다고 생각했다. 하지만 탄지로는 계속해서 말을 걸었다.

"바쁜 와중에 우릴 보살펴 줘서 정말 고마워. 덕분에 다시 싸우러 갈 수 있게 됐어."

세탁물을 널던 손이 멈췄다. 저도 모르게 고개를 푹 숙였다.

"…여러분에 비하면 저 같은 건 별것도 아니니, 그런 인사는 하지 마세요. 선별 때도 운 좋게 살아남은 것뿐, 그 후에는 겁이 나서 싸우러 가지도 못하게 된 겁쟁이니까."

그러나 탄지로는 약간 놀란 듯이 말했다.

"그런 게 무슨 상관이야? 날 도와준 아오이 씨는 이미 나의 일부니까, 아오이 씨의 마음은 내가 싸우는 곳에 같이 품고 갈 건데."

깜짝 놀라서 아오이가 돌아보자, 탄지로는 이미 손을 흔들며 멀어지고 있었다.

"다음에 또 다치면 잘 부탁해."

아오이는 한동안 우두커니, 아무도 없어진 뒤뜰에 서 있었다.

카나오는 자신의 방 툇마루에 앉아 마당을 멍하니 바라보고 있었다.

지령도 훈련도 없을 때는 늘 그랬다. 카나오는 달리 시간을 보낼 방법을 몰랐다.

"앗. 찾았다, 찾았어! 카나오!"

마당 맞은편에서 탄지로가 얼굴을 내밀었다. 그리고는 손을 흔들며 다가왔다.

"우리 이제 출발해. 여러모로 고마웠어."

"……."

"넌 정말 대단하다. 동기인데도 벌써 '츠구코'라니. 우리도 분발할게."

"……."

"어어."

카나오는 주머니에서 자그마한 동전을 꺼내더니, 엄지손가락으로 튕겨서 공중으로 던졌다. 그런 뒤에 떨어지는 동전을 오른손 손등으로 받아 왼손으로 덮었다.

왼손을 올리자, 동전은 '뒤'라고 적힌 면이 위쪽을 향하고 있었다.

카나오는 입을 열었다.

"사범님의 지시에 따른 것뿐이니, 딱히 고맙단 말까지 들을 이유는 없어. 잘 가."

하지만 탄지로는 어째선지 표정이 확 밝아지더니 여전히 말을 걸었다.

"방금 던진 건 뭐야?"

"잘 가."

"돈?"

"잘 가."

"앞과 뒤라고 적혀 있네? 왜 던진 거야?"

"잘 가."

몇 번이나 잘 가라고 인사해도 탄지로는 떠나지 않았다. 떠나기는커녕 아예 카나오 옆에 털썩 앉아 버렸다. 끈기 싸움에서 진 카나오는 입을 떡 벌렸다.

"지시받지 않은 일은 이걸 던져서 결정해. 방금은 너랑 얘기할지 말지 결정한 거야. '말하지 않는다'가 앞, '말한다'가 뒤였는데, 뒤가 나와서 얘기한 거고."

그리고 한 번 더 "잘 가."라고 말했다.

하지만 역시 탄지로는 물러나지 않았다.

"왜 스스로 결정하지 않아? 카나오는 어떻게 하고 싶었어?"

악의라곤 일절 없는 반짝반짝 빛나는 눈으로 질문을 던졌다.

"…아무래도 상관없어. 전부 아무래도 상관없어서, 나 혼자선 정할 수가 없어."

"이 세상에 아무래도 상관없는 일은 없다고 보는데?"

탄지로는 팔짱을 끼고 골똘히 생각에 잠겼다.

"분명 카나오는 마음의 목소리가 작은가 보다…. 지시에 따르는 것도 중요한 일이지만…."

잠시 후 "그렇지!" 하고 고개를 들어 카나오의 동전을 손가락으로 가리켰다.

"그것 좀 쥐 볼래?"

"어? 으응…. 앗…."

위세에 밀려서 건네고 말았다. 탄지로는 그걸 쥐고 마당으

자신의 마음속
목소리를
자세히 듣는 것.

카나오가
앞으로

우앗ー,
너무
높이
날렸다

앞!!

앞으로
하자.

로 뛰어나갔다.

"던져서 정하자!"

"뭐, 뭐를?"

"카나오가 앞으로 자신의 마음속 목소리를 자세히 듣는 것."

그렇게 말하자마자 탄지로는 동전을 손가락으로 하늘 높이 튕겼다.

보이지 않을 만큼 높이, 높이 뛰어 오른 동전. 떨어질 위치를 가늠하면서 탄지로는 외쳤다.

"앞!! 앞으로 하자. 앞이 나오면, 카나오는 자기 마음대로 산다!"

떨어진다. 떨어진다. 빙글빙글 회전하면서.

이윽고 울리는 착! 소리.

"잡았다, 잡았어! 카나오!!"

손등을 누르면서 탄지로가 돌아섰다.

'어느 쪽이지…? 떨어지는 순간이 등에 가려져 잘 안 보였어.'

무의식중에 몸을 앞으로 숙인 카나오의 눈앞에서 탄지로가 손등을 누르고 있던 손을 조심스레 들었다.

"앞이다!!"

탄지로는 마치 자신의 일인 것처럼 기뻐하면서 카나오의 손에 동전을 쥐여 줬다.

"힘내! 사람은 마음이 원동력이니까! 마음은 한없이 강해질 수 있거든!!"

그렇게 말한 탄지로는 또 만나자는 인사와 함께 이미 멀찍이 달려가 버렸다. 카나오는 저도 모르게 벌떡 일어나서 그를 불러 세웠다.

"어, 어떻게 앞을 내놓을 수 있었던 거야?"

던지는 손은 봤다. 잔꾀는 부리지 않았을 터.

탄지로는 돌아서서 활짝 웃었다.

"우연이야. 게다가 설령 뒤가 나오더라도 앞이 나올 때까지 몇 번이고 계속 던지려고 했거든."

이번에야말로 탄지로는 잘 있으라고 손을 흔들면서 마당을 떠나갔다.

카나오는 손 안에 남은 동전을 물끄러미 응시했다.

'……'

이 동전은 시노부의 언니, 카나에가 준 것이었다.

아니, 동전뿐만이 아니다. 카나오라는 이름도 카나에가 지어 줬다.

이곳에 오기 전까지 카나오에게는 이름이 없었다.

도쿄 혼죠 구의 빈민가에서 태어나 친부모에게는 얻어맞고, 걷어차이고, 먹을 것도 변변히 먹지 못했다.

배고프고, 슬프고, 허무하고, 괴롭고, 외로운, 그런 나날이었다.

그런데 어느 날 뚝, 하는 소리가 나더니, 전혀 괴롭지 않게 되었다. 가난한 생활 속에서 부모가 팔아넘길 때조차도 슬프지 않았다.

인신매매자가 그녀를 밧줄로 묶어 어딘가로 데려가려 할 때 구해 준 사람이 카나에와 시노부 자매였다.

태어나 처음으로 뜨거운 물로 몸을 씻고, 태어나 처음으로 깨끗한 옷을 입고, 태어나 처음으로 따뜻한 밥을 먹었다.

하지만 아무리 애써도 자신이 먼저 그런 것들을 요구하기가 어려웠다.

누군가가 정해 주지 않으면, 하라고 지시하지 않으면, 아무것도 못 했다.

무엇이 올바른지, 자신이 어떡하고 싶은지 알 수 없었다.

시노부는 화를 냈다. 자기 머리로 생각하고 행동할 수 없는 아이는 위험하다면서.

그 무렵의 시노부는 지금과는 달리 감정이 훨씬 풍부했다.

자주 화내고, 자주 웃었다.

그러나 카나에는 화내지 않았다. 생글생글 웃으면서 이 동전을 줬다.

혼자일 땐 이 동전을 던져서 결정하면 된다고.

그때 카나에는 말했다.

'계기만 있으면 사람의 마음은 꽃이 피게 되어 있으니 걱정 마.'

그렇다, 확실히 그랬다.

그날 이후로 동전을 던질 때마다.

조금씩, 조금씩 자신이 뭘 하고 싶은지 알게 됐다.

시노부와 카나에에게 은혜를 갚고 싶다.

그렇지만 카나오는 아오이나 세 소녀처럼 부상자 간호와 집안일을 능숙히 돕지 못했다.

카나에 곁에서 어깨너머로 흉내 내기 시작한 호흡 훈련이 오히려 카나오의 적성에 맞았다. 혹독한 수련도 예전 생활을 생각하면 조금도 괴롭지 않았다.

얼마 지나지 않아 카나에는 도깨비에게 살해당했다.

도깨비가 밉다고 생각했다.

그래서 시노부에게는 비밀로 최종 선별에 참가했다.

시노부는 화내고 슬퍼했지만 결국은 포기한 뒤, 좌우간 아무것도 생각하지 말고 도깨비의 목을 베라고 말했다.

자신은 이로써 겨우 시노부에게 도움이 될 수 있겠다고 생각했다.

그 외의 다른 일들은 역시 아무래도 상관없었다. 그랬는데.

'이 세상에 아무래도 상관없는 일은 없다고 보는데?'

그래? 그럴지도 모르겠다.

'힘내! 사람은 마음이 원동력이니까! 마음은 한없이 강해질 수 있거든!!'

동전을 꼭 쥐자 그곳에 탄지로의 손의 열기가 아직 남아 있는 기분이 들었다.

"다들 잘 지내야 해!"

나비 저택 대문 앞에서 세 소녀가 손을 흔들었다.

"이번에는 다치지 말고 돌아오세요."

눈물짓는 세 사람 앞에서 젠이츠도 눈물을 뚝뚝 흘렸다.

"슬프다~ 나도 여기에 좀 더 머물고 싶어! 앗, 나만 남을까?!"

"젠이츠 씨는 빨리 가 주세요~"

"앗, 너무해! 너무하지 않아?!"

"시끄러 몬이츠! 자, 가자!"

이노스케가 콧김을 거칠게 내뿜고 혼자서 성큼성큼 걸어가기 시작했다.

"세 사람 모두 정말 고마웠어. 시노부 씨랑 은 대원분들께도 인사 전해 주고."

탄지로도 세 사람에게 순서대로 손을 흔들어 준 다음 이노스케를 뒤쫓아갔다.

"앗! 기다려 줘, 탄지로! 이노스케도! 날 두고 가지 마~! 혼자만 남겨지는 건 이제 지긋지긋해~!"

젠이츠도 서둘러 달려갔다.

탄지로, 이노스케, 젠이츠 앞에 도착한 새로운 지령은,

"'무한 열차' 사건을 수사 중인 염주 렌고쿠 쿄쥬로를 도와라. 즉시 서쪽으로 향하여 염주와 합류해 지시를 받을 것."

야행 열차 내부에서 몇십 명이나 되는 사람들이 행방불명됐다고 한다.

저녁 하늘을 비행하는 까마귀를 쫓아서 세 사람은 쉬지 않

고 달려갔다.

그들을 기다리는 이는 키부츠지 무잔의 명을 받은 하현1 엔무.

꿈을 조종하는 도깨비가 기다리는 밤 기차는 지금 벽돌로 지어진 역사에서 연기를 내뿜으면서, 어렴풋한 잠에서 서서히 깨어나고 있었다.

귀멸의 칼날 노벨라이즈 ~남매의 인연과 귀살대 편~ 끝

이 소설은 『귀멸의 칼날』(4권~7권)까지의
내용을 담았습니다.

귀멸의 칼날 노벨라이즈
~남매의 인연과 귀살대 편~

2023년 6월 10일 초판 발행

저자 마츠다 슈카 | **원작·일러스트** 고토게 코요하루 | **옮긴이** 김시내
발행인 정동훈 | **편집인** 여영아
편집 팀장 황정아 | **편집** 노혜림
발행처 (주)학산문화사 | 서울특별시 동작구 상도로 282 학산빌딩
편집부 02.828.8838(전화), 02.816.6471(팩스) | **영업부** 02.828.8986(전화), 02.828.8890(팩스)
홈페이지 www.haksanpub.co.kr | **등록** 1995년 7월 1일 | **등록번호** 제3-632호

ISBN 979-11-411-0039-1 04830
ISBN 979-11-6947-799-4 (세트)

값 8,000원

학전도시 애스터리스크 17

미야자키 유 지음 | 오키우라 일러스트

최고봉의 배틀 엔터테인먼트,
릿카의 영웅들이
지고무상의 대단원을 장식한다!

애스터리스크의 모든 이야기가 여기서 끝난다…! '왕룡성무제' 결승 스테이지의 유리스 vs 오펠리아, '식무제' 스테이지의 아야토 vs 마디아스. 앞과 뒤, 양쪽에서 마지막 승부를 내야 하는 때가 왔다. 금지편 동맹의 음모로 애스터리스크 전역을 혼란으로 몰아넣은 사건들도 클로디아와 학생들의 활약으로 진정되고, 드디어 종국의 순간이 가까워진다. 그리고 모든 것이 끝난 후, 아야토는 유리스를 비롯한 소중한 동료들의 마음에 진지하게 답해야 하는데….

(주)학산문화사 발행

라스트 엠브리오 8

타츠노코 타로 지음 | 모모코 일러스트

〈문제아 시리즈〉 완결 이후
언급되지 않았던 3년,
그 추상과 시동을 말하는 제8권!!

제2차 태양주권전쟁 제1회전이 열린 아틀란티스 대륙에서 격투를 뛰어넘은 '문제아들'. 세 명이 모인 평온한 시간은 실로 3년만…. 그동안 각자 보낸 파란의 나날. '호법십이천'에 들어온 의뢰에서 시작된 이자요이 일행과 화교와의 싸움. '노 네임'의 두령이 된 요우가 한 달 이상 행방불명된 사건. '노 네임'에서 독립한 아스카가 '계층지배자'로 임명되는데…?! 서로 마음을 열고 잠시 휴식을 취한 후, 모형정원 바깥세계를 무대로 한 제2회전이 막을 연다!

(주)학산문화사 발행

아다치와 시마무라 10

이루마 히토마 지음 | **raemz** 일러스트 | **논** 캐릭터 디자인

이루마 히토마가 선사하는
평범한 여고생들의 풋풋한 이야기, 제10탄!

나는 내일 이 집을 떠난다. 시마무라와 같이 살기 위해서. 나도 시마무라도 어른이 되었다. "아～다치." 벌떡 일어났다. "으아앗." 호들갑스럽게 뒤로 물러선 나를 보고 시마무라가 눈을 휘둥그렇게 떴다. 장난스럽게 양손을 들어 올렸다. 아래로 내려와 눈에 걸친 머리카락을 쓸어넘기면서 좌우를 둘러보고 이제야 상황을 이해했다. 아파트로 이사를 왔다. 둘이서 지내는구나, 앞으로 계속. "자, 잘 부탁합니다." "나도 많이 부탁을 하게 될 테니, 각오해 둬." 나의 세계는 모든 것이 시마무라로 되어 있었고, 앞으로 계속될 미래에는 그 어떤 불안도 없었다.

(주)학산문화사 발행

나를 좋아하는 건 너뿐이냐 15

라쿠다 지음 | 브리키 일러스트

TV애니메이션 방영작!

"죠로는 팬지의 연인이 되었어. 그러니까 나는 이렇게 여기에 왔어." 크리스마스이브 당일. 약속 장소에 나타난 사람은 팬지가 아니라, 중학교 때 같은 반이었던 코사이지 스미레, 통칭 '비올라'. 뭐가 뭔지 상황을 전혀 받아들일 수 없는 나를 무시하고 데이트를 만끽하는 비올라. 게다가 말일까지 같이 있어 달라고? …아니, 녀석이랑 똑같이 너도 12월 31일이 생일이냐! …그래, 그 녀석. 내 연인인 산쇼쿠인 스미레코는 어디 있지? 연락도 안 되고, 다른 애들이랑 썬은 얼버무리기만 할 뿐. 그래도 너를 찾아내겠어. 하기로 결심했으면 한다. 그게 내 모토다. 뭐? 이 녀석이 힌트라는 게 진짜야…?!

(주)학산문화사 발행